Lola E

Le témoignage de
Léa Hofer

roman

Éditions Dédicaces

LE TÉMOIGNAGE DE LÉA HOFER,
par LOLA BAUP

ÉDITIONS DÉDICACES INC.
675, rue Frédéric Chopin
Montréal (Québec) H1L 6S9
Canada

www.dedicaces.ca | www.dedicaces.info
Courriel : info@dedicaces.ca

Lola Baup

Le témoignage de
de
Léa Hofer

De la pièce où je me trouve enfermée, je ne vois qu'un bout de ciel encadré par une fenêtre. Parfois bleu, parfois gris, ou blanc, rougeoyant au crépuscule, blafard à l'aube, étoilé ou d'encre la nuit. Il n'y a rien d'autre que ce seul morceau de ciel que je puisse voir, où parfois une lune, le temps de quelques minutes, apparaît dans le coin droit du carreau. Ce fragment de firmament et cette lune restent les seuls objets que mon regard puisse apercevoir du monde extérieur. De l'autre côté, à l'exact opposé, il y a une porte. Lorsque je suis allongée, la tête légèrement relevée, j'arrive à distinguer la lumière bleutée qui se diffuse du couloir par-dessous l'interstice et je peux observer les déplacements des uns et des autres à leurs ombres diffuses qui glissent et qui, de temps en temps, s'arrêtent. Parfois trop longtemps. Alors mon cœur bondit et un sentiment d'effroi s'empare de moi, je reste aux aguets, le souffle court. Il y a des chuchotements, des objets que l'on traîne et les ombres finissent par s'éloigner emportant avec elles les bruits de pas et les cliquetis des matériels.

Ce soir, une nuit noire semble pénétrer par la fenêtre glacée. Je suis là, coincée entre l'immense obscurité de cette nuit et la clarté des néons dans le corridor. Je me sens minuscule, comme si mon corps avait rétréci, seules mes mains me paraissent avoir gardé leur taille initiale, ce qui me donne l'impression qu'elles sont lourdes et énormes.

Je suis clouée au fond de mon lit, attachée à des appareils, perfusion, holter, électrodes, et d'autres choses encore.

Je m'appelle Léa. Léa Hofer, et mes jours sont comptés.

Une infirmière se matérialise soudain devant mon visage, et je comprends que j'ai dû finir par m'endormir malgré ma peur. L'espace est maintenant d'un blanc immaculé, l'éclat du jour a envahi chaque centimètre carré de la pièce et a pris le dessus sur tout, vrille mes pupilles élargies. J'ai la sensation d'être une bête malfaisante, sale, vautrée sournoisement dans la blancheur des draps de cette chambre d'hôpital et je ne sais pas distinguer la frayeur qui suinte de mon corps de celle qui me pénètre de l'extérieur.

Je tente de garder mon calme et de maîtriser ma respiration. Là… lentement, avec application j'aspire l'air éthéré et souffle longuement afin de l'expulser de mes poumons, de mon corps, le long de mes jambes et de mes bras, jusqu'à en ressentir de la douleur.

L'idée que je ne suis pas là par hasard s'est insinuée en moi comme un poison toxique. Le venin m'obsède, prend possession de mon esprit et je ne pense plus qu'à cela. Les images, les scènes, mes souvenirs, tournoient sans cesse, se heurtent, se bousculent et je n'en comprends pas le sens. Pas encore.

Il y a quelques mois à peine, ma vie me semblait presque normale. Si ce n'est mon don de voyance, hors du commun. Cette disposition à voir l'invisible, à comprendre l'incompréhensible m'est venue après une longue introspection et une prise de conscience que certains de mes rêves éveillés provenaient de scènes qui s'étaient réellement passées. Il y en avait beaucoup. Il y en avait sans cesse. J'ai pu trouver un sens à tout cela lorsque j'ai pu partager ces visions avec des personnes que j'ai pu aider. Elles venaient me consulter et je pouvais retrouver ce qu'elles cherchaient : un parent disparu, un adolescent ayant fugué, un mari ou une femme dont l'amour s'étaient enfui… Ils venaient de toutes parts, je les recevais et je me souviens de leurs remerciements. Je me souviens de leurs yeux élargis par l'étonnement parfois, par la joie ou le désarroi lorsqu'il y avait de mauvaises nouvelles.

Ce temps me manque, il me manque terriblement.

Aujourd'hui, je suis à la recherche de mon histoire. Je fouille dans mon passé et dans mes visions pour comprendre ce que j'ai fait ou ce que je n'ai pas fait pour en arriver là où je suis. Dans ce lit, à l'article de la mort.

Alors que j'étais dans mon cabinet en consultation, on est venu me retirer ce Don comme si ce n'était pas le mien. Comme si je l'avais intercepté par erreur ou par hasard, comme si je n'avais été qu'un relais sans importance qui leur aurait servi à mener leurs manigances. Ils me l'ont retiré si violement que la folie s'est emparée de moi, et maintenant la déchéance physique.

Je crois que dans ce monde, il existe des connections invisibles, que l'on ne connaît pas et qui agissent sur notre vie. Tout le monde en subit les influences sans le savoir, sans même soupçonner leurs existences. Cela, je l'ai compris, mais bien trop tard.

Soudain, je vois passer une ombre dans le couloir qui fait se dresser mes cheveux sur ma tête (ceux qui me restent). L'ombre est restée un moment sans bouger, elle se projetait jusque dans ma chambre. Puis, elle a traîné et a fini par s'effacer.

Maintenant il n'y a presque plus de bruits. Il reste quelques claquements des chariots qui transportent au loin les insipides pitances, le glissement de pas des dernières infirmières fatiguées, parfois un raclement de gorges irritées et de toux grasses. Il y a aussi des sanglots étouffés. Cette aile de l'hôpital est un mouroir.

De nouveau, le soir est là et je n'ai pas vu la journée passer. Mon esprit divague, la morphine fait le reste. J'ai pu allumer le néon au-dessus de mon lit, son grésillement m'insupporte, mais il faut que je me reprenne. Mon Don de voyance m'a permis de comprendre beaucoup d'événements, tant passés que futurs. Je dois me servir de ma mémoire pour savoir ce qui m'est arrivé. S'il y a des choses que je n'ai pas comprises, je veux maintenant les connaître. Je veux savoir pourquoi je dois mourir si jeune.

Je dois explorer les méandres de mes souvenirs, des événements que j'ai vécus ainsi que toutes ces images qui me sont apparues, trouver leur emboîtement logique. Je dois me reprendre, réfléchir et repartir du tout début.

Il me semble que tout a commencé à la mort de mon père.

....

C'était un matin de neige

Un homme jeune marchait résolument dans la neige, il faisait encore nuit. Il n'entendait aucun bruit si ce n'est le souffle rythmé de sa respiration et le crissement de la neige qui s'écrasait sous ses bottes à chacun de ses pas. Il percevait aussi de façon à peine audible le clapotis humide des flocons qui tombaient de-ci de-là, après avoir tourbillonné un moment autour de lui, et cette odeur si caractéristique de la neige. Il avait pris soin d'emporter une lampe torche qu'il tenait à bout de bras afin d'éclairer sa route, bien qu'il connût parfaitement le chemin qui le menait à l'usine de décolletage. Cependant, la neige avait recouvert tout le paysage, si bien que plus rien n'était reconnaissable comme si un ample édredon blanc et vaporeux avait été jeté sur les terres, les collines, les bosquets et les forêts.

La nuit était épaisse et la lueur du jour ne parvenait pas encore à traverser les nuages lourds de givre. L'homme s'appelait Cyril et longeait tous les matins cette petite route qui le menait du hameau des Crêtes jusqu'au village de Chaussanolle où était regroupée la quasi-totalité des activités de la région. Cyril était un gars des montagnes, massif, musclé, solide et borné. Il se posait peu de questions, même si une certaine sensibilité animait parfois son esprit rustique. Ce matin-là, parce qu'il faisait très froid, il avait revêtu une grosse parka bleu marine doublée de polaire et il tenait sa lampe torche dans sa main épaisse sans gant, recouverte cependant par sa manche, assez longue pour ne laisser dépasser que le bout de ses doigts.

Voilà plusieurs mois qu'il empruntait tous les matins cette route alors qu'il faisait encore nuit noire. Il lui fallait presque une heure pour rejoindre à pied son travail car il n'avait plus de voiture et avait perdu son précédent emploi quand le petit garage du hameau des Crêtes avait finalement fermé. Alors, il avait été pris d'une angoisse dévastatrice et il s'était saoulé le soir, prétextant qu'il ne supportait plus la vie qu'il faisait mener à sa femme Rébecca : « *Une vie de pauvre et elle vaut bien plus que ça !* » avait-il braillé à qui voulait l'entendre dans le seul bistrot que le hameau des Crêtes s'enorgueillissait d'avoir pu conserver. Complètement saoul, Il avait embouti sa vieille Citroën bleu délavé dans une bâtisse quelques centaines de mètres plus loin et elle s'était fracassée telle une casserole usée et rouillée. Évidemment, après cela, Cyril s'en voulut terriblement et il était resté quelques jours prostré à cuver ses remords, sa culpabilité et la honte qui l'avait soudainement anéanti.

Quelques mois plus tard, il avait trouvé ce boulot à l'usine du village voisin, grâce à sa femme Rébecca qui connaissait le patron de l'usine pour avoir eu, il y avait bien longtemps, un flirt avec le fils de ce dernier.

Parfois, il arrivait que des collègues le ramènent de l'usine le soir mais, le matin, il devait-être le premier sur le site car un de ses rôles consistait à lancer les machines qui devaient tourner une demi-heure à vide, pendant laquelle il avait à effectuer toutes les vérifications de sécurité, selon des normes qu'il trouvait totalement stupides et exagérées – mais on ne lui demandait pas son avis. Après quoi, un à un, les ouvriers arrivaient, les traits encore pétris de sommeil et de fatigue, alors qu'il s'accordait une pause pour prendre son petit-déjeuner. Car il partait le ventre vide, il ne voulait pas réveiller Rébecca ni ses deux petites, il s'habillait en catimini et filait en douce alors que les trois filles, comme il aimait les appeler, dormaient encore à poings fermés.

Lorsqu'il allait prendre son petit déjeuner dans la salle de pause crasseuse qui sentait la graisse, la transpiration, les chaussettes sales et le café bouilli, il trouvait invariablement une demi-baguette de pain

10

qu'Émilie lui déposait la veille, sachant que cela constituerait son repas du matin. Émilie, une femme d'une quarantaine d'années, cheveux déjà blanchissants mais avec un teint encore frais respirant la santé, le grand air et la nourriture saine de la campagne, était en charge de la cantine de l'usine et elle aimait choyer « ses gars » qui le lui rendaient bien. La baguette n'était plus très fraîche mais, trempée dans un café bien sucré agrémenté d'un peu de lait, elle constituait avec lui un repas qui le calait bien en attendant le déjeuner. Émilie représentait pour Cyril, comme pour un bon nombre des gars de l'usine, la mère qu'il aurait aimé avoir : sans fard, vêtue de façon simple et avec goût, prévenante et souriante, toujours disponible et connaissant sur le bout des doigts les manies et préférences de tous. Beaucoup de gars tenaient le coup grâce à elle, mais Émilie était modeste et restait à sa place, discrète et réservée.

Car, dans cette usine, tout le monde se devait de bosser tout son saoul. Jean Charrier, surnommé Big John, le patron ou le chef d'entreprise comme on dit aujourd'hui, avait lui-même travaillé sans relâche pour monter son affaire. Il n'avait pas plaint son temps ni ses efforts et à coups de pots de vins, de services rendus, de réseautage local et même bien au-delà, il avait réussi à implanter son entreprise de décolletage dans sa ville natale. Il avait une obsession qui consistait à vouloir à tout prix faire vivre les gens du coin et il ne comprenait pas qu'en retour, ces gens-là ne se donnent pas également à fond. Quoi qu'il en fût, Cyril appréciait Big John car bien qu'il fût gueulard, grossier et obtus – à ses yeux, seules deux races existaient, les connards et les abrutis –, il était par ailleurs un homme qui semblait généreux et qui jouait avec une certaine intelligence de sa paternité avec ses employés. Et puis, ce qui touchait tout particulièrement Cyril, c'était l'affection que Big John portait depuis toujours à Rébecca. Il l'adorait et elle aurait pu faire les pires bêtises qu'il lui aurait trouvé des excuses et lui aurait pardonné. Qu'elle ait eu un flirt avec un de ses fils et qu'elle l'ait quitté ensuite ne l'avait pas plus contrarié, car le fils en question *« n'était qu'un sombre imbécile »* selon son père, *« un vaurien »* qui avait tout de même fini diplômé de l'école des Mines d'Alès, néanmoins après quelques années troubles de délinquance mineure et de bastonnades pour le

11

plaisir. Il faut dire qu'être le fils de Big John ne devait pas être très facile à vivre : celui-ci poussait sans cesse ses garçons à rendre leurs comptes eux-mêmes, à coups de poing et de rixes où il n'était pas rare que les couteaux fussent sortis des manteaux. Rébecca s'était lassée du fils, mais Big John avait continué à l'adorer, d'un amour protecteur plein de délicatesse qui, par ailleurs, ne cessait pas d'étonner ceux qui redoutaient les incartades vociférantes de cet homme. Les autres pensaient qu'elle était très probablement la fille qu'il n'avait jamais eue, car Big John avait eu deux garçons de son épouse, une femme intelligente et fragile qui finissait sa vie à la Clinique Psychiatrique de Champvert de Lyon, sans doute pour échapper, selon Rébecca, à la violence de son mari et de ses fils qui la terrorisaient.

Mais si Big John avait probablement un certain sens de l'honneur et de la justice, il n'en allait pas toujours de même avec ces ordures de sous-chefs de l'usine qui, sur les bancs de travail, abusaient de leur pouvoir et maltraitaient les hommes à coups d'humiliations et de despotisme sordide. Pourtant, John s'évertuait à les recruter avec soin mais un contremaître capable de diriger des hommes compétents, expérimentés et surtout prêts à travailler à Chaussanolle, et de surcroît des hommes tels que Cyril, n'était pas si facile à trouver dans la région.

Cyril s'était dit à ce moment-là, dans le froid piquant du matin, en marchant d'un pas d'automate mais d'une allure soutenue et régulière, que c'était avec lui que Rébecca avait choisi de faire sa vie et qu'il en était extrêmement fier.

À l'est, une lueur crayeuse et diffuse tentait de traverser la masse nuageuse. La lumière se diffusait telle une goutte de peinture opalescente sur un papier à aquarelle.

Lorsque Cyril traversa le petit pont du ru où l'eau s'était figée dans la glace, il vit, l'espace de quelques secondes en contrebas, deux canards blottis dans les roseaux noirs de gel. Il aurait aimé s'arrêter pour les observer et, qui sait, leur jeter quelques miettes de pain qu'il lui restait au fond des poches mais son temps était compté et ne souffrait aucune digression, encore moins de l'apitoiement. L'image des petites bêtes persista cependant

12

plusieurs minutes sur la rétine de ses yeux et encore quelques autres longues minutes dans sa tête. Alors, il se mit à penser à sa femme et ses filles qu'il avait laissées bien au chaud dans leur deux-pièces. Ce deux-pièces qu'il détestait plus que tout, car il aurait souhaité autre chose de bien mieux pour sa famille, lui apparut tout à coup comme un nid douillet et chaud où il les savait hors de tout danger. Sa femme devait d'ailleurs s'être levée, à l'heure qu'il était et les deux petites blondinettes et intrépides avaient déjà certainement sauté sur leur lit en attendant leurs bols de céréales du matin. Il imaginait Rébecca encore pleine de sommeil, douce et chaude, en train d'agiter avec langueur son joli corps voluptueux, les cheveux défaits et épars jusqu'au milieu de ses épaules rondes. L'idée le fit frémir, il aurait voulu courir la rejoindre et lui dire qu'il l'aimait. Mais il avait serré son poing sur sa torche encore allumée et avait redoublé la cadence de ses pas vers l'usine de décolletage.

Il lui restait alors encore une vingtaine de minutes de marche. L'aube projetait maintenant une lumière blafarde et froide alors qu'aucun mouvement de vie n'était encore perceptible ni même audible. Une lumière entre chien et loup, pensa Cyril. Une lumière sournoise et dangereuse.

Une rafale de vent siffla telle un gémissement de moribond et vint balayer la couche superficielle de neige, qui se souleva en milliers de cristaux de glace scintillants. Pendant un instant, le paysage et la route disparurent comme absorbés par la bourrasque.

Il n'avait entendu qu'au dernier moment la Land Rover Série III qui descendait en trombe la petite route, malgré la faible visibilité. Le véhicule était apparu de façon si inattendue qu'il n'avait même pas eu le temps de penser à se mettre au bord du fossé.

Il fut heurté de plein fouet, projeté à quelques mètres sur le bas-côté au bord d'un précipice et submergé de neige qui lui entra dans la bouche et dans les narines, si bien que sa première impression fut qu'il allait mourir étouffé. Il entendit cependant la voiture freiner dans une embardée qui fit hurler le moteur, et puis plus rien... à part le moteur qui continuait à tourner en cliquetant. Il tenta alors de se relever mais il s'aperçut qu'il ne pouvait plus bouger : quelque chose avait dû se casser quelque part en lui. Seul, son visage avait gardé sa mobilité. Il resta allongé là où il était, impuissant, insensible, ses yeux fixés sur le ciel qui s'éclaircissait au fur et à mesure que le jour se levait.

Après un temps qui lui parut interminable – il pensait à chaque seconde qu'il allait mourir, paralysé et gelé à la fois – il comprit qu'une portière s'était enfin ouverte.

Une voix d'homme se fit alors entendre :
– Putain de merde, quel con... Merde, merde, bordel de merde ! Il manquait plus que ça... !
Puis, une voix de femme avec un accent exotique :
– Non mais, c'est pas vrai, mais c'est pas vrai... Qu'est-ce qui s'est passé, Peel ? Qu'est-ce que t'as fait ?
– Ta gueule, ferme-la !
– Quoi ! Mais je t'ai payé grassement, bon sang, et t'as vu ce que t'as fait ? Comment tu vas pouvoir expliquer ça ?
– *Shut up your mouth, stupid girl !*

Soudain, à travers ses paupières à moitié ouvertes, il vit.
Il vit la portière du passager s'ouvrir et apparaître dans l'entrebâillement une jambe incroyable, d'ébène, luisante, galbée et chaussée d'escarpins dorés. Cyril se dit qu'il devait halluciner ou bien qu'il était déjà mort.
Alors qu'il observait, incrédule, la scène, il entendit l'homme hurler :
– Charline, reste dans la voiture, tu vois pas qu'il est vivant !!! Il va te voir et on sera fait ! Rentre, bordel de merde, j'te dis ! hurla l'homme
– OK, mais de toute façon il va pas faire long feu, enfin j'espère, allez vient on se barre.

Alors que sur sa rétine, la lumière des escarpins dorés improbables persistait, Cyril comprit que l'homme hésitait : *« Ils vont pas me laisser crever là, quand même ! »* Son cœur se mit à tambouriner violemment dans sa poitrine. Un haut-le-cœur le saisit et il se mit à se vomir dessus. Il pensa soudain qu'il allait étouffer dans ses vomissures, alors il se mit à cracher pour ne pas suffoquer.

Malgré sa peur terrible et ses hoquets qui ne cessaient pas, il entendit les portières de la Land Rover claquer, puis le moteur vrombir et s'éloigner.

Puis, plus rien. Pendant une éternité.

Au bout d'un moment – il ne sut combien de temps cela avait duré car il devait s'être évanoui –, il perçut le bourdonnement d'une voiture qui venait. Son cœur fit un bond, il en eut mal au bas ventre, une douleur brûlante provoquée à la fois par un espoir intense et la crainte d'un déboire. Il voulut essayer à nouveau de se lever pour se manifester au chauffeur, mais il ne put bouger le moindre de ses muscles, seules ses paupières arrivaient toujours à se mouvoir. La voiture approchait, puis arriva à sa hauteur et, sans ralentir le moins du monde, passa et s'éloigna jusqu'à ce que le ronflement métallique et huilé se perdît dans le paysage silencieux.

Cyril, couché sur le bas-côté de la petite route et sous une couche de neige qui, déjà, le recouvrait totalement, apercevait au travers du manteau neigeux les flocons qui continuaient à tourbillonner sans fin et qui l'engloutissaient en se déposant délicatement sous forme de cristaux bleus, ramifiés d'une infinité de façons. Lentement mais irrémédiablement, il serait enseveli vivant dans une tombe de glace. Encore lucide, il savait qu'il allait sans doute mourir là à petit feu, comme ces personnes dont on raconte qu'elles ont été enterrées vivantes dans leurs cercueils. Un effroi incommensurable s'était emparé insidieusement de son corps et de son esprit, une terreur qu'il ne connaissait pas, si absolue et pénétrante qu'il n'avait jamais imaginé que cela pouvait exister… !

Ensuite, le concept même du temps qui passe lui échappa totalement. Il n'aurait su dire si deux minutes ou huit heures s'étaient écoulées. La seule chose dont il eût pu se souvenir était le rêve qu'il fit de son enfance. Cela avait pris corps quand il se demanda comment il avait pu si longtemps éviter les accidents. Il avait si souvent parcouru les routes les matins obscurs pour se rendre à l'école… Mais, en vérité, il y avait peu de voitures à cette époque car la région était moins peuplée de touristes ou d'étrangers venus s'installer dans le coin avec leurs grosses voitures, leurs grosses maisons, leurs grosses femmes, leurs gros enfants et surtout leurs gros comptes en banque. Avaient suivi – ou précédé, il ne savait pas vraiment – les bataillons de quidams venant de toutes parts, commerçants, ouvriers, tous aux services des gros comptes en banque. À l'époque où il était enfant, les locaux bossaient tous à côté de chez eux, comme lui-même le faisait encore il y a peu de temps, avant que le garage du hameau ne ferme boutique : 10 kilomètres plus haut, un concessionnaire Ford avait ouvert avec vitrine, garage, station d'essence, pièces détachées, bonbons et chewing-gum et tout ce qu'il fallait pour détourner les clients du garage du hameau des Crêtes.

Quand il était enfant, sa mère le levait tous les jours de la semaine avant l'aurore. Du lundi au vendredi, il empruntait une route sinueuse et boueuse pour se rendre à l'école primaire, puis au collège. Il avait un peu moins de 3 kilomètres à parcourir, ce qui n'était pas si loin au fond, mais pour un enfant de son âge, il avait bel et bien l'impression de parcourir une bonne partie du tour du globe terrestre. La plupart du temps, il n'était pas seul sur la route : il croisait les gamins qui, comme lui, se rendaient à l'école. Ils faisaient le chemin ensemble, en chahutant, sans jamais se méfier des véhicules divers et variés : vélos, tracteurs, charrettes et parfois quelques voitures. Le monde leur semblait sans danger, ils faisaient confiance à leurs parents qui les envoyaient ainsi sur les routes sans aucune recommandation et aussi à leur bonne étoile.

16

Ce dont il se souvenait tout particulièrement, c'était ce sentier très abrupt qui descendait de la ferme où il habitait. Il était bordé de rondins de châtaigniers, recouverts en partie par les ronces. Au cœur de l'hiver, tout était recouvert de neige ou de givre et brillait sous une lune énorme et repue. Lorsqu'il n'y avait pas de lune, l'ensemble des reliefs semblait revêtu de velours noirs et opaques. Et, à cette époque-là, il n'avait pas de lampe de poche. Il descendait cette pente qu'il trouvait dangereuse et gagnait ainsi une route plus large et plus sécurisée, des lampadaires en aluminium munis d'ampoules éclairant sporadiquement les fossés d'une tache jaune. Sa mère lui mettait quelques morceaux de sucre dans les poches, qu'il croquait immédiatement, parfois en les mettant tous en même temps dans la bouche.

Les matins où il n'avait pas école, il se levait aussi à l'aube pour travailler à la ferme avec son père.

Son père parlait peu, et maintenant, quand il lui arrivait de penser à lui, il avait l'impression de ne jamais l'avoir connu. Il restait pour lui cet homme taciturne qui sentait le tabac et la terre et qui ne lui adressait jamais la parole, si ce n'est pour lui donner des ordres brefs et directs.

Il avait également peu de souvenirs de sa mère, ou plutôt il ne voulait pas en avoir. Elle ne lui plaisait pas, il en avait honte, il savait qu'elle se laissait aller à boire assez souvent et il s'était toujours méfié de son comportement imprévisible.

Il avait quitté la ferme dès ses 16 ans et n'avait jamais revu ses parents depuis. Il n'avait jamais pris non plus de leurs nouvelles car il ne voulait pas trop y penser : tout cela était confus en lui et suscitait des sentiments contradictoires qui le faisaient souffrir et qu'il préférait ne pas avoir à dominer.

Par chance, après avoir quitté la ferme, il était tombé sur Bébert qui lui avait appris le boulot de mécanicien, l'avait nourri et logé jusqu'à ses 18 ans au garage du hameau. Il l'avait ensuite embauché : « *Maintenant, t'es un homme, mon petit, il va falloir que tu construises ta famille, bordel de dieu !* » Bébert lui avait avoué un jour qu'il était un « *ancien de l'Algérie »* et qu'il y avait rencontré son père : *« Tu vois petit, ton père c'est un con, et je dirais même un sale con, mais je lui dois la vie et, quand je t'ai vu arriver, je me suis dit, Bébert, occupe-toi du jeune, son con de père ne sait même pas qu'il a un bijou de fils... Voilà, c'est ce que j'ai fait, et je peux te dire que je suis content de l'avoir fait... »*

Malgré l'intention et les bonnes intentions de Bébert, Cyril avait souffert et c'est Rébecca qui l'avait récupéré alors qu'il avait déjà commencé à sombrer : vols, alcool, infractions diverses et variées, drogue... Rébecca, douce, patiente, amoureuse, maternelle, réconfortante, sensuelle... ! Elle l'avait ensorcelé et il l'avait suivie car il était fou d'elle : son parfum, la douceur de sa peau, les courbes de son corps, son sourire voluptueux. Il s'était laissé guider, émerveillé d'avoir la chance de pouvoir vivre à côté d'elle, et ils avaient eu ensemble d'adorables jumelles blondes et bouclées, comme leur mère.

Maintenant, il pensait à ses filles et à Rébecca. S'il mourait là, gelé dans l'aube envahissante et glaciale, que deviendraient-elles ? Cette pensée lui procura une douleur extrême. Une douleur immense et profonde qui se mit à vibrer d'abord dans son cerveau et ensuite dans tout son corps. Il eut pendant quelques instants une envie terrible de se battre afin de se relever et de sortir de là, mais son corps ne réagissait pas, il restait effroyablement inerte, seuls ses yeux répondirent à l'effort et lui parurent sortir de ses orbites.

Après ces efforts vains, le temps prit le dessus et se mit à passer comme s'il y avait une fuite qu'il ne voyait pas mais qui faisait se vider les secondes et les minutes, les unes après les autres, irrémédiablement vers la fin...

Léa et Justine couraient joyeusement sur le chemin de l'école, leurs boucles dorées dansaient autour de leur minois au nez retroussé. Rébecca marchait derrière elles, attentive et sévère, emmitouflée dans son épaisse écharpe bleue de laine.

Si on lui avait posé la question, Cyril aurait parié que dix heures s'étaient écoulées quand, à peine une heure et demie plus tard, la Land Rover revint se garer à quelques mètres de l'endroit où s'était produit l'accident. Les flocons tombaient toujours et le vent soufflait par rafales tournoyantes dans le matin gris et froid déjà bien installé. Peel, comme l'avait nommé la femme aux escarpins dorés, sortit de la voiture, ouvrit son coffre et prit une pelle. Pendant quelques minutes, il fouilla la neige croûtée et cassante à la recherche du *« fils de pute qui s'était foutu sous ses roues. »* Lorsqu'il sentit enfin son corps mou sous sa pelle, il laissa échapper un juron de satisfaction d'où perçait cependant l'expression de l'inquiétude et de l'empressement.

Cyril nourrit à cet instant un espoir immense et reconnaissant. Quand l'homme chauve au regard d'un bleu presque transparent lui dégagea le visage, les yeux de Cyril s'ouvrirent douloureusement sous la lumière et il lui sourit. Il n'eut alors que le temps d'apercevoir la pelle se lever au-dessus de sa tête et s'abattre sur lui avec une brutalité inouïe. Il sentit deux ou trois fois la morsure tranchante de l'acier sur sa gorge, puis plus rien.

L'homme chauve essuya sa pelle sur un vieux torchon sorti du coffre ; ses gestes étaient précis et nerveux et ses yeux bleus balayaient sans cesse les alentours : il était aux aguets.

De plusieurs coups de talon, il fit basculer le corps de Cyril qui roula péniblement dans le précipice et tomba enfin lourdement et longuement au creux d'une très profonde et étroite faille, dissimulée sous d'épais branchages et ronciers. Il recouvrit ensuite rapidement de quelques pelletées le sang qui avait jailli et souillé abondamment la neige et les croûtes de gel sur la route. Il jeta une dernière fois un regard circulaire sur le paysage pétrifié, lança sa pelle sans son coffre qu'il referma prestement, tapa ses pieds sur le rebord de la voiture pour nettoyer ses chaussures, s'installa au volant tout en essuyant son crâne et son visage humide de transpiration et, un air satisfait aux lèvres, fit ronfler le moteur de sa Land

Rover avant de démarrer prudemment cette fois et de reprendre la route dans le sens inverse d'où il était venu.

Rébecca crut un certain temps que Cyril les avait quittées, elle et ses filles, parce qu'il avait trop peur de ne pas réussir à être un bon mari ou un bon père, ou peut-être même les deux. Elle pensa qu'il allait revenir un jour ou l'autre.

Puis, les jours et les mois passant, sans nouvelles, elle avait fini par s'inquiéter sérieusement, avait fait faire des recherches et sillonné toutes les routes, les bars, les hôtels, les amis, afin de le retrouver. Mais il resta introuvable.

Cyril vint alors allonger la longue liste des *« disparus du jour au lendemain, sans laisser de traces »*... jusqu'au jour où son corps fut retrouvé presque deux ans plus tard en de bien surprenantes circonstances.

Tous furent soulagés et bouleversés à la fois. Il avait fallu revenir sur quatre ans pendant lesquels s'était tout de même installée la foi en un possible retour. Cette découverte mit fin à tout espoir mais réhabilita Cyril dans le cœur de sa femme et de ses filles.

Si bien que personne ne songea à se poser de questions quant à la nature des curieuses circonstances de cette découverte, si longtemps après sa mort et, il faut le dire, si étrangement prêt de l'usine de colletage. L'autopsie révéla un accident de voiture et le dossier fut classé.

Charline (la femme aux escarpins dorés)

Dans une suite du Grand Beach Hôtel, où les balcons surplombent le vaste océan Atlantique d'un bleu turquoise à cet endroit du globe, un homme téléphonait, l'air préoccupé, tout en regardant une femme d'une beauté exotique en train de se peindre minutieusement les ongles des pieds en rouge vermillon.

– Oui, OK, j'ai fait la résa direct à l'aéroport, c'est bon !

– ...

– Non, non, ça sera pour ce soir tard et on arrivera demain en fin de matinée

– ...

– Non, t'inquiète, on restera planqué chez toi et on ne partira qu'au milieu de la nuit suivante.

– ...

-- Ça marche... *See you soon, guy !*

Tout en téléphonant, l'homme se délectait de la vue que la jeune femme lui offrait de manière tout à fait consciente. Elle tenait sa tête inclinée vers ses pieds, les fesses remontées en l'air et seulement vêtues d'un tanga à dentelle rose vif qui laissait entrevoir le renflement de son sexe soigneusement épilé.

Même si l'homme était habitué aux frasques exhibitionnistes de Charline, il ne restait pas insensible et cette garce qui s'amusait à lui faire perdre ses moyens :

– Charline, habille-toi et prépare-toi, on part dans une heure.

– OK, je suis déjà prête, lui répondit-elle avec son accent aux intonations tropicales langoureuses. Je finis mes ongles, je m'habille et on peut partir.

L'homme plissa les yeux pour échapper à cette vue qui lui faisait perdre ses moyens et le mettait mal à l'aise et répliqua en durcissant le ton :

– Là où tu vas, tu n'as pas besoin d'avoir les ongles des pieds peints !

À cet instant, une brise légère souleva les rideaux vaporeux de la chambre luxueusement meublée par le designer italien Moss tandis que la rumeur de l'agitation de la rue à l'angle de l'hôtel montait par flots successifs. Le littoral de Miami Beach était encore calme à cette heure de la journée car après les frasques de la nuit, les touristes ainsi que la plupart des autochtones ne se réveillaient qu'en fin de matinée et, les yeux cernés, allaient nonchalamment prendre leur premier bain de la journée dans les piscines du front de mer. Dans la rue, limousines, Chevrolet, Lincoln et autres luxueux véhicules roulaient tous vitres fermées, dans l'attente de la fraîcheur de la nuit tombante où ils pourraient de nouveau les baisser et mettre la sono à fond.

Charline jeta un coup d'œil, le dernier pensa-t-elle, par-dessus le rebord du balcon sur ce lieu qu'elle maudissait plus que tout, avant de le quitter pour toujours, espérait-elle. Voilà quelques mois déjà qu'elle se planquait dans cet hôtel en attendant *« que ça se calme »* et seul le bleu profond de cet océan lui manquerait, ainsi que le calme qu'inspirait cette immensité de matière dense se mouvant au gré des marées, emportant par vagues des odeurs d'iode et de varech. Charline prit quelques minutes pour s'adosser à la balustrade et admirer le ciel qui, sur la ligne de l'horizon, se confondait avec les flots. Pas un seul nuage perché dans l'azur ne permettait d'arriver à distinguer l'un ou l'autre des éléments. Un large vraquier gris anthracite, qui croisait au loin pour rejoindre la Nouvelle Orléans, semblait suspendu dans les airs.

Elle fut tirée de ses rêveries par l'homme – grassement payé pour l'aider dans la mission qu'elle s'était donnée de réaliser – qui sortait de la chambre en bougonnant. C'est vrai qu'elle y était allée fort, et elle savait parfaitement que son attitude avait un côté sadique, car après tout, cet homme-là ne lui avait rien fait. Mais c'était un homme et cela suffisait à Charline pour avoir envie de le rabaisser par là où justement elle s'était sentie si souvent humiliée.

Charline connaissait cet homme depuis plusieurs années maintenant, bien qu'elle ne sût de lui que peu de choses, à part son surnom de « Peel ». Elle faisait appel à ses services régulièrement pour l'aider dans des missions ou pour mener à bien certains projets délicats. Elle lui faisait à peu près confiance, tout comme à l'homme qui le lui avait présenté, un Français qui voyageait régulièrement entre New York ou Philadelphie et avec qui elle avait des relations intimes depuis bientôt dix ans. Peel semblait être Français lui aussi, bien qu'elle ne l'eût pas parié, il parlait parfaitement plusieurs langues, elle ne savait combien au juste, mais quoi qu'il en fût, ils avaient parlé français lors de leur première rencontre et avaient continué ainsi depuis. Cela ne dérangeait pas Charline, au contraire, cela lui permettait de s'entraîner, d'enrichir son vocabulaire et de tenter de mieux appréhender la complexité de cette langue.

Comme convenu, elle s'habilla après avoir pris une douche tiède et rapide et rangea dans sa valise Longchamp les derniers vêtements posés sur le lit *king size*, enfila ses escarpins dorés, prit une petite sacoche en cuir bleu d'autruche qu'elle ferma soigneusement et mit la clé dans la doublure de son soutien-gorge. Quelques minutes plus tard, une grosse berline Volvo noire aux vitres teintées l'attendait, elle et son homme de main, pour une course vers l'aéroport où ils prendraient en fin d'après-midi un vol pour Francfort. De là, ils rejoindraient la ville de Lyon en France, tout était prévu et minuté, rien ne pouvait plus désormais l'arrêter.

Lorsque Charline sortit de l'hôtel, la chaleur était douce et les vendeurs de cornets de glace n'avaient pas encore envahi les abords des escaliers d'accès à la plage. Elle monta dans le taxi et renversa sa tête sur l'appui-tête. Le chauffeur lui lança un regard malveillant, car elle était de peau noire et ici, en Floride, les Noirs n'avaient pas à monter dans des taxis de luxe. Elle lui sourit avec un air de condescendance appuyé afin qu'il fût suffisamment outré pour lui ficher la paix et ferma les yeux tandis que Peel, les jambes indécemment étendues, ajustait ses lunettes noires aux montures d'acier et les écouteurs de son baladeur.

Alors que la voiture glissait silencieusement sur Collins Avenue, Charline pensa qu'elle pourrait bien écrire un roman de sa vie, mais personne ici ne connaissait son passé et elle ne tenait pas à ce que cela se sût. Elle portait déjà, au vu et au su de tous, la couleur de sa peau comme le stigmate de ses origines africaines et en supportait les conséquences : animosité, pitié ou discrimination. Elle ne souhaitait pas que de surcroît l'on sût qu'elle était rwandaise et que sa famille, issue de la caste des Tutsis, avait en partie péri, massacrée par les Hutus lors des exactions génocidaires du 28 décembre 1963 à Gikongoro. Charline n'avait pas encore 10 ans et elle avait vu sa mère se faire violer puis tabasser sous ses yeux d'enfant par de rustres paysans, happés par la barbarie et le désir de vengeance. Elle se souviendrait toute sa vie, avec une douleur intense, une douleur qui lui vrillait le cerveau et le corps, du regard que sa mère lui avait lancé avant de mourir sous les coups de machettes. Qu'avait-elle vu dans ce regard ? La mort ? La peur ? La souffrance ? Il y avait bien tout cela, mais il y avait aussi autre chose qu'elle n'avait pas compris et qui ressemblait à un message qu'elle aurait voulu lui transmettre. Elle avait eu l'impression de voir deux colonnes lumineuses sortir des yeux de sa mère pour s'emparer d'elle mais elle n'avait pas eu le loisir, dans un tel contexte, d'y prêter attention. Ce n'est que plus tard, alors que ses cauchemars revenaient en boucle qu'elle s'en était souvenue. Elle avait entendu dire que sa famille possédait des pouvoirs mais il était de toute façon maintenant trop tard pour se torturer davantage, et y penser la tourmentait à un point intenable. Elle préférait essayer d'oublier tous ces hommes, ces femmes, ces enfants qu'elle avait vu morts ou mourir sous ses yeux.

On l'avait obligée à laver le sang qui souillait le baraquement où ils avaient été emmenés et massacrés. Ses frères avaient été capturés et probablement tués à coups de lances de machettes alors qu'elle-même se faisait violer par les assassins de sa propre famille.

Par chance, ce jour-là, un orage violent et une pluie diluvienne s'étaient abattus en fin de journée sur la ville de Gikongoro, frappant sauvagement la tôle des toitures des cahutes et charriant la poussière et le sang dans une coulée de boue visqueuse et rougeâtre. Tous s'étaient dispersés dans les abris et elle avait été abandonnée et laissée pour morte dans un coin qui grouillait de mouches et d'insectes attirés par l'odeur du sang et que la pluie n'avait pas réussi à chasser. Bon nombre de personnes avaient survécu grâce à cet orage et c'est un de ses oncles qui l'avait ramassée le lendemain avant l'aube, alors qu'il faisait le tour avec quelques autres Tutsis pour tâcher de récupérer les survivants. On l'avait ensuite allongée avec d'autres personnes qu'elle ne connaissait pas, sous la bâche du plateau d'un vieux pick-up à bout de souffle. La plupart agonisaient et certains furent déchargés morts au fur et à mesure qu'ils sillonnaient les pistes terriblement cahoteuses pour rejoindre la frontière du Burundi. Fort heureusement, ces pistes étaient peu fréquentées et ils ne croisaient que quelques femmes esseulés, perdues et traumatisées, suivies de leurs enfants en pleurs, qui cherchaient à se cacher dans les profondeurs des forêts et des marées. Elle demeura inconsciente la quasi-totalité du trajet et ne se souvenait que des brefs arrêts dans la poussière et la terreur ambiante, ainsi que des moments où son oncle portait une bonbonne d'eau à sa bouche.

Elle sut par la suite que beaucoup des siens avaient été assassinés ce jour-là dans la plus totale indifférence du monde entier, car qui se souciait des querelles sanguinaires de ces sous-hommes à la peau noire ? Seuls, ceux qui pouvaient en tirer parti, tels des rapaces, attendant leur heure, observaient d'un œil cupide la suite des événements et commençaient à placer leurs pions sur le jeu. La monarchie tutsie était attaquée depuis longtemps et les meurtres de ces congénères impunis. Il avait été dit qu'un bon nombre de Hutus avaient aussi trouvé la mort, mais il n'était pas de bon ton de clamer certaines vérités. Les réfugiés tutsis dans les pays voisins, l'Ouganda, le Zaïre et surtout le Burundi, tentaient en vain de renverser le gouvernement hutu de Kayibanda, générant des représailles accrues de tous bords sur le territoire rwandais.

Après avoir passé quelques mois près de Kayanza, dans une sorte de bidonville sordide avec ses ruelles jonchées de détritus et d'excréments, son oncle avait réussi à l'envoyer chez un de ses amis à Arusha en Tanganyika, aujourd'hui appelé la Tanzanie, où elle avait suivi des cours dans une école administrée par des prêtres français. Bujumbura à Arusha avait été son premier voyage en avion, dans un vieux Fokker rouillé emmenant une cinquantaine de passagers. Quand elle avait survolé le Rwanda à assez basse altitude, un chagrin immense l'avait envahie et lui avait soulevé l'estomac, elle avait vomi dans une feuille de journal sans doute prévue à cet effet. Elle avait essayé alors de chasser de son esprit l'image de sa mère et de ses deux adorables petits frères pleins de vie, et aussi de son grand frère à qui sa mère avait prédit un bel avenir car il faisait preuve d'une intelligence vive et déjà affirmée pour son âge. Mais tout cela était fini et Charline ne voulait pas revenir sur le passé ni sur ces terribles événements. Les Hutus et les Tutsis continueraient leurs massacres, des milliers d'hommes, de femmes et d'enfants seraient assassinés de façon cruelle mais elle ne serait plus là pour le voir et le subir. Elle abandonnait son pays, sa vie et elle défiait quiconque de le lui reprocher. Qui avait seulement levé le petit doigt pour empêcher que cela se produise, qui avait essayé de dénoncer et de renverser la situation ? Qui avait réfléchi à ce qu'il fallait faire ? On avait laissé les mauvaises intentions prendre le dessus, les gouvernements rapaces se repaître sur la bête, les yeux étaient restés clos et les âmes placides.

Elle avait parfois l'impression que tout cela ne la concernait plus : c'était il y a si longtemps, dans une autre vie, une autre époque quand elle était Rwandaise... !

Par la suite, la vie n'avait pas été plus indulgente avec elle car, en tant que femme africaine exilée, étrangère et de surcroît vendue par son oncle en tant qu'esclave – elle avait fini par découvrir que la soi-disant bonté de l'oncle était intéressée –, elle ne pouvait pas attendre autre chose à Arusha qu'un certain ersatz de l'enfer. Il avait fallu qu'elle gratifie l'ami de son oncle de milles gâteries que seules les femmes peuvent offrir. Il avait fallu aussi qu'elle entretienne la maison et qu'elle ramène de l'argent pour cette famille qu'elle détestait et qui, selon elle et lorsqu'elle était moralement au plus bas et épuisée, aurait mieux fait de la laisser mourir à Gikongoro.

La peur ne l'avait plus quittée depuis ce terrible jour où elle avait perdu sa famille et où elle avait été souillée. Une terreur qui lui glaçait le cerveau, les os, les muscles, les orbites, les nerfs, le cœur, l'estomac, aucune partie de son corps n'échappait à cette horrible sensation qui lui collait aux basques.

Charline, à demi-couchée dans le taxi et perdue dans ses sordides pensées, poussa un gémissement qui lui valut un nouveau regard de mépris du chauffeur dans le rétroviseur. « *Sale merde !* » pensa-t-elle. « *Je pourrais te tuer à cet instant si je le voulais, en te tranchant la gorge.* » L'expression de son visage fut probablement assez éloquente pour que le chauffeur décide, sans rechigner, de ne plus fixer la route que « *straight away* », droit devant lui.

Charline nourrissait une haine viscérale envers les hommes, tous les hommes. Ces pratiques de vie en Afrique : prostitution, soumission des femmes, toute puissance des hommes, n'avait fait qu'intensifier sa rancune jusqu'à outrance.

Lorsqu'elle était parvenue à s'installer au États-Unis à sa majorité après s'être enfuie avec la caisse du grand bazar du coin – et aidée par un Allemand avec qui elle couchait –, c'était pour oublier son passé et vivre une vie de femme libre. Mais son désir de vengeance ne s'était pas estompé et l'arrogance des Américains, surtout des hommes, l'avait confortée dans son idée de passer aux représailles. Ensuite, l'occasion d'en profiter pour faire fortune était venue à elle par pur hasard, sans qu'elle la cherche. Elle avait alors planifié son projet seule et sa mission, comme elle l'appelait, allait enfin prendre fin d'ici quelques heures, après quoi elle pourrait enfin savourer une retraite paisible et à l'abri du besoin au fin fond des montagnes françaises, là où les hommes ont une réputation de gentlemen.

Soudain, elle sentit quelque chose lui frôler le bras. Elle ouvrit les yeux en sursautant et vit son homme de main qui tentait de la réveiller aussi délicatement que possible. Cependant, elle détestait qu'on la touche sans son accord.

– Ne me touche pas ! lui cracha-t-elle à la figure en retirant prestement son bras

– Oh ! Du calme ! C'est l'heure, le taxi est arrivé. Je me charge des bagages, on se retrouve à l'embarquement, OK ?

– OK, c'est bon, on fait comme ça, lui lança-t-elle avec dédain

L'homme coiffa son crâne lisse d'une casquette *fifty-five* et sortit des dollars de la poche de son blouson en cuir fauve à l'intention du chauffeur.

Charline saisit sa sacoche de cuir bleu, descendit de la berline Volvo et se dirigea, sans un seul regard pour les hommes qui discutaient le montant de la course, vers les portes tournantes de l'entrée « *Departure* » de l'aéroport international de Miami. Elle évita à plusieurs reprises des bambins mal élevés en train de courir, des mères qui couraient après leurs bambins, les chariots à roulettes pour ne pas se faire écraser les pieds, des individus pressés, un homme obèse qui hélait un taxi, avant d'atteindre enfin la grande porte.

À l'intérieur, cela n'était guère mieux et il régnait dans le grand hall un tumulte exaspérant, les touristes en espadrilles avançaient en grappe nonchalante à la recherche de leur porte d'embarquement tandis que des hommes et femmes d'affaires en costards ou tailleurs marchaient d'un pas vif, voire couraient dans les corridors, bousculant les uns et les autres. Au milieu de tout cela, des agents de service, tous noirs de peau et vêtus de vestes rouges et de toques ridicules, braillaient les indications en s'agitant en tous sens afin d'accompagner leurs gestes à leurs paroles. L'ambiance était suffocante et les plafonds plutôt bas du lieu produisaient un effet oppressant.

Malgré cela, Charline se dirigea d'un pas souple et alerte vers les salons VIP où elle attendrait qu'on annonce son vol.

Lorsque les portes coulissantes automatiques de l'espace privé se refermèrent avec un bruit de succion, Charline eut la sensation de pénétrer dans un havre de paix. Le tapage s'arrêta comme par miracle et on n'entendait plus que les tintements des glaçons dans les verres à whisky et les chuchotements d'hommes discutant affaires, et encore si on tendait l'oreille.

« *Bienvenue* », lui susurra l'hôtesse d'accueil d'une voix suave et très professionnelle, en faisant semblant de ne pas remarquer la couleur de peau de la visiteuse en face d'elle.

Charline lui tendit son billet Première Classe et, sans attendre un quelconque accord, alla s'installer dans un confortable fauteuil en simili cuir noir. Elle étendit ses longues jambes fuselées sur la moquette orange après avoir retiré ses escarpins, ramena ses longs cheveux lisses et noirs – des faux, bien sûr – sur sa poitrine. Quand elle releva les yeux pour examiner les voyageurs dans la vaste salle lumineuse, elle ne fut pas surprise de constater que bon nombre de regards, surtout ceux des hommes, étaient tournés vers elle. « *Comme toujours* » se dit-elle, et elle faisait tout pour que cela soit ainsi : jupe courte, fesses hautes, poitrine pulpée, yeux en amande, nez aquilin et traits fins, bouche épanouie et délicieusement brillante. Après tout, elle était *call girl* ou plutôt elle l'avait été, car elle espérait bien ne plus jamais avoir à faire ce putain de boulot à l'avenir. Elle avait mis trois ans à piéger le dernier nigaud en date qui lui valait cette retraite anticipée, trois ans d'attente, de patience, de repérage, d'abnégation et de sacrifice psychologique comme physique, mais cette fois-là, cela avait valu vraiment le coup, car il avait craché gros et il croupissait à cette heure dans un trou où elle avait pris soin de l'enfermer. Peut-être fantasmait-il sur elle à cette heure ? Cette idée saugrenue lui tira un léger sourire. Il devait tout simplement la haïr avec une force à laquelle elle espérait ne pas avoir à faire face, mais si tout allait bien, elle n'aurait plus jamais affaire à lui. Par pur réflexe, elle coinça sa sacoche entre ses pieds.

Quoi qu'il en soit, les hommes qui la regardaient ce soir-là étaient tous des Européens. Les Européens ne regardent pas les femmes noires de la même façon que les Américains, surtout ceux de Floride, et c'est pour cette raison, et aussi parce qu'elle savait très bien parler français, qu'elle avait choisi d'aller vivre en France. Un homme l'avait aidée en lui trouvant une maison isolée dans la montagne et il serait temps de le remercier quand elle serait enfin tranquillisée et logée dans cet abri sûr.

Le vol fut annoncé et Charline rejoignit la porte d'embarquement des Premières Classes. En peu de temps, elle fut installée dans un fauteuil à l'assise ferme alors que les hôtesses s'affairaient à ranger les affaires des uns et des autres et à accueillir les arrivants.

L'avion ne décolla qu'avec 20 minutes de retard qui seraient rattrapées durant le vol, bien entendu. Une fois installée aussi confortablement que possible dans l'immense Boeing 747, Charline, ignorant les autres passagers ainsi que le verre de champagne qu'on lui tendait, enfonça méthodiquement des boules Quies dans ses oreilles, ajusta son masque de sommeil et avala un demi Valium.

30

Dès que l'avion fut en vitesse de croisière, elle allongea son siège au maximum, s'emmitoufla dans la couverture bleu pâle marquée au blason de la compagnie aérienne et il ne lui fallut que quelques minutes pour sombrer dans un profond sommeil sans rêve.

Mes yeux ont enfin pu s'ouvrir après un nettoyage douloureux, alors que mes paupières étaient collées et la première chose que je vois est ma fenêtre où l'air et la lumière semblent vibrer sous l'effet d'un vent qui fait fuir les nuages. L'azur est pur, lavé de toute poussière, comme l'iris de mes yeux bleus, comme si mon regard était lié, ne faisant qu'un, avec la voute céleste.

Je suis en haut et regarde le monde, sans contrainte de temps et d'espace. Mes rêves m'ont apporté des images et ma vision se resserre mais je n'ai pas encore un discernement clair.

Charline.... Quel rôle as-tu joué ???

Je suis persuadée que Charline n'a été qu'un pion, utilisée comme moi à des fins que je ne comprends toujours pas...

Charline est morte, elle aussi ne parlera plus.

Hier, une jeune femme est venue m'apporter un bouquet. Une jeune femme noire, m'a-t-on dit. Je sens que l'étau se resserre. S'ils m'ont trouvé, ils m'achèveront plus vite que je ne l'imaginais ou, du moins, que je l'espérais.

Cette jeune femme noire doit avoir un lien avec Charline. Lequel ? Il faut que le trouve.

Brusquement, avec fracas revient à moi un événement de mon enfance que j'avais oublié, sa violence me coupe le souffle et me vrille les intestins, comme si on me les arrachait. La douleur est difficilement supportable. Enfouies au fond de mon corps et de mon cœur, les images montent par vagues brulantes, et je ne sais pas encore où elles me porteront. Je les aurais ignorées pour ne pas souffrir. Aujourd'hui, je rabats le drap rêche sur mon visage, et les laisse venir à moi.

Lorsque j'étais enfant, j'adorais me promener au bord du lac qui se situe en contre bas de notre hameau. Il faut emprunter un sentier qui prend naissance derrière l'ancien lavoir en pierres et suivre les abords d'un vaste pâturage où, de mars à octobre, paissent paisiblement les fameuses vaches Tarines à la belle robe fauve. À cet endroit, le chemin marqué de part et d'autre par les roues des tracteurs, exulte de verdure, fleurs sauvages, graminées, herbes diverses, bordé de fils de fer barbelé tenus par des piquets de bois ou parfois par des poteaux taillés directement dans du schiste noir. Au début du printemps, tandis que l'air est encore vif et que les vaches sont toujours au chaud dans les étables, des croûtes cassantes de neige se mettent à fondre et un étroit et profond fossé se remplit et accompagne les marcheurs d'un clair et joyeux clapotis dans le chemin devenu boueux. Les champs dégorgent d'eau et les bottes s'enfoncent avec un bruit de succion dans l'épaisse terre argileuse. Quand on a dépassé les prairies herbeuses du plateau, on doit descendre un chemin caillouteux tapi sous une forêt odorante de mélèzes pendant vingt bonnes minutes, et soudain, au détour du sentier, on peut apercevoir le lac. D'un bleu profond, presque noir, il est là, enfoncé dans le paysage, et les arbres et les massifs s'y reflètent parfois d'une façon si parfaite qu'on pourrait passer sans le discerner. S'il est recouvert de neige, vous n'aurez alors aucune chance de l'entrevoir.

Je passais des heures devant ce lac, blottie sur le rivage, à observer les moindres variations de couleur que les ondes de l'eau engendraient et qui se réverbéraient sur le paysage. Je regardais les branches des grands et fiers mélèzes s'agiter langoureusement sous le souffle froid et vigoureux du vent des hautes montagnes. Il arrivait que certains animaux s'aventurent prudemment à découvert pour s'abreuver mais ils détalaient dès qu'ils percevaient ma présence.

Je connaissais par cœur tous les détails de cet endroit-là. Pourtant, je ne me fatiguais jamais de guetter le moindre mouvement qui donnait tout à coup l'occasion de percevoir l'ensemble sous un éclat différent.

Souvent, ma sœur m'appelait du haut du plateau et j'entendais sa voix rebondir sur les versants des alpages et remplir le creux de la montagne :

– Léa ! Léaaaaaaaaaaaaaaaaaaaaaaaaaa... Léaaaaaaaaaaaaaaaaaaaaaaaa, rentre ! reeeeeennnnnntre, maman te cheeeeerche...

Je n'avais pas le droit de m'éloigner de la maison, mais ma mère travaillait tard à la boulangerie-épicerie du hameau des Crêtes et elle était souvent absente, surtout en fin de journée. Ma sœur, ma jumelle, qui était et est toujours mon parfait contraire – elle aimait et aime encore aujourd'hui rester au chaud lovée sous un duvet vaporeux à regarder la télé – couvrait mes escapades et me hélait dès que ma mère commençait à s'inquiéter à mon sujet. Alors, je prenais mes jambes à mon cou et remontais le chemin quatre à quatre, le plus vite possible car j'avais peur plus que tout que ma mère m'empêche de sortir et de venir rêver au bord de mon cher lac. Ces instants de calme et de rêverie, blottie au bord du monde et d'un des paysages les plus merveilleux qu'il puisse offrir, me permettaient d'échapper à la désagréable sensation de claustrophobie que me procurait notre petit appartement rue des écoles, avec sa télé tonitruante, son incommensurable pagaille et ma mère enfermée dans sa tristesse.

Car ma mère était très malheureuse, sans doute dépressive, elle ne se remettait pas de la disparition de mon père et attendait à chaque instant son retour.

Mon père était allé un matin pour son aller à son travail, comme tous les jours mais, ce matin-là, il ne s'était pas rendu à l'usine et il n'était jamais revenu à la maison, personne ne l'avait vu et n'avait su ce qu'il était devenu. Sa disparition avait été déclarée à la gendarmerie qui avait fait le nécessaire mais qui s'était lassée de faire des recherches après quelques semaines de soi-disant intensives investigations. Le nom et la photo de mon père avaient rallongé la longue liste des disparus – plus de quarante mille par an en France, nous avait-on seriné – et voilà tout.

Ma mère ne vivait pourtant que dans l'espoir de voir un jour son homme revenir à elle. Elle ne concevait pas qu'il puisse ne jamais rentrer et tant qu'elle ne savait rien de ce qu'il lui était arrivé, elle restait dans l'incapacité à faire table rase et de reconstruire sa vie. Elle restait d'une certaine façon mariée à cet homme tant qu'il ne reviendrait pas, fût-il mort ou vivant.

Ma sœur et moi grandissions avec cette tragédie et, au fond, je pense que nous n'imaginions pas notre père autrement que disparu. Ni l'une ni l'autre ne savions grand-chose de cette histoire à ce moment-là, et nous n'avions que peu de souvenirs de cet homme : nous étions toutes deux si jeunes... !

Seules, les bribes de conversations entendues ici et là laissaient penser qu'il avait fui les responsabilités trop lourdes qu'une famille représentait pour un jeune homme tel que lui. Car mon père et ma mère nous avaient eues très jeunes alors qu'ils n'avaient pas 20 ans ni l'un ni l'autre. À cette époque et dans ce coin reculé de la France, c'était chose courante : les jeunes des villages arrêtaient l'école après leur brevet et se mariaient tôt avec leurs proches voisins et voisines. Les enfants naissaient naturellement très vite et les parents et grands-parents participaient à l'ensemble. Sauf que ni ma mère ni mon père ne pouvaient attendre de l'aide de leurs parents, les uns parce qu'ils étaient décédés – en 1964 lors d'un crash d'avion en rejoignant Innsbruck –, les autres par bêtise.

Pourtant, ma mère ne manquait de rien car elle était sous la protection de Big John, qui se vantait à la cantonade de nous mettre à l'abri des besoins matériels, ce qu'il faisait du reste.

Big John était un homme d'une cinquantaine d'années et était devenu veuf peu de temps après la disparition de mon père. À l'époque j'ignorais son vrai nom, ma mère, ma sœur et moi ne l'avions toujours appelé qu'ainsi, comme le faisait tous les gens du Hameau : « Tiens, Big John est passé aujourd'hui... » « Big John s'est présenté aux élections communales », « *Big John veut subventionner le café du Hameau* » « *Big John peut aller se faire foutre* », etc.

Quand il passait au Hameau, il ne manquait jamais de venir à la maison pour glisser des billets en catimini sous la nappe en plastique de la cuisine tandis que ma mère avait le dos tourné. Car ma mère jouait double jeu, et, du haut de mon enfance, j'avais deviné sa stratégie : d'un côté elle faisait semblant de ne rien voir et d'un autre, elle adoptait une attitude de séduction faite de mille provocations et incitations, à peine perceptibles et pourtant si efficaces.

Nous allions de temps en temps passer les week-ends chez lui, dans sa grande maison de Chaussanolle, la première ville digne de ce nom dans les plus proches alentours du Hameau des Crêtes.

J'adorais venir dans cette vaste demeure cossue : elle respirait le luxe. Les pièces étaient vastes et lumineuses, les fenêtres hautes et agrémentées de longs rideaux de velours, le sol de carrelage clair et frais, les escaliers en pierre blanche qui montaient à l'étage étaient flanqués d'une interminable rampe en cuivre vernie, les portes en bois cirée s'ouvraient en grinçant et cela sentait l'encaustique. J'étais aussi sous le charme des attraits de cette petite ville où l'on trouvait plusieurs boulangeries, des boutiques de vêtements, des boucheries, des vendeurs de voitures et de tracteurs, un hypermarché, un vendeur de meubles et bien d'autres choses encore ! Chaussanolle se targuait de posséder une agglomération, elle-même dotée d'une zone industrielle où une usine, qui comptait bien ces trois cent employés, faisait vivre en partie les habitants du coin, et il se trouve que l'entreprise en question était celle de Big John.

Pourtant, déjà enfant, je n'appréciais pas cet homme. Il m'intimidait, son langage grossier, sa façon de gesticuler quand il parlait, son caractère extraverti, gueulard et emporté m'effrayaient. Sa maison était souvent investie par des individus que je trouvais bizarres – souvent en costumes, ils fumaient beaucoup, sentaient l'alcool et étaient généralement grossiers, même envers ma sœur et moi – et qui débarquaient pour lui parler interminablement à toute heure dans l'antre secret de son bureau à l'immense et lourde porte de bois rouge, toujours close. Ma mère arrivait à faire abstraction de tout ce tohu-bohu pour la seule et bonne raison qu'à ses yeux Big John avait une position politique locale à tenir et qu'il se devait de recevoir toute personne désirant s'entretenir avec lui. Mais moi, cela m'incommodait et je ne me satisfaisais pas d'explications que je jugeais scabreuses, même si enfant je n'y mettais pas de mots dessus.

J'eus néanmoins moi-même par deux fois à m'entretenir avec lui dans son bureau, tels ces personnages aux mines patibulaires que j'avais croisés pendant mon enfance.

Les raisons pour lesquelles j'eus une discussion avec Big John ont un lien direct avec un événement qui a bouleversé ma vie quand j'étais enfant. Longtemps, tout est resté enfoui en moi comme un handicap que je devais cacher pour ne pas me mettre en danger – car danger il y avait – bien que je n'en aie découvert les tenants et aboutissants que bien plus tard.

Je me propose d'en faire le récit ici, même si cela paraît difficile à croire. La certitude que l'on puisse douter de la véracité de cette histoire m'a empêchée de parler pendant des années, aujourd'hui cela n'a plus d'importance et je me moque bien de ce les gens en penseront.

Voilà l'événement qui a enclenché un des rouages d'un mécanisme qui m'échappe, lui-même enclenché par d'autres rouages générant la rotation de divers éléments concomitants, le tout participant à une machinerie à l'emploi et aux dimensions impénétrables voire infinies. La question essentielle reste de savoir ce qui – ou qui – manipule cette mécanique ?

C'était un mercredi de vacances, un jour de tempête étrange et électrique. J'avais vers les 10 ans. Je m'étais réveillée très tôt le matin, intriguée par des bourrasques *sporadiques qui faisaient battre par intermittence le vieux volet en bois vermoulu de ma chambre et s'envoler les feuilles des quelques platanes de la place du hameau en tourbillonnant avec violence vers le ciel. J'avais passé le nez dehors par la fenêtre et vu le ciel assombri par de volumineux cumulus d'un gris charbon qui tirait vers le noir.*

Je ne sais pas pourquoi je suis sortie. Il y avait en moi comme un besoin impérieux, une force qui m'attirait, il fallait que j'aille dehors. Cette tempête aurait dû me dissuader alors qu'il me semblait qu'elle m'appelait, irrésistiblement. En temps normal je ne serais pas sortie à cette heure si matinale dans la bourrasque, mais rien ne semblait être rationnel.

Ce matin-là, je n'ai pas réfléchi et je me suis vêtue chaudement avec une polaire de ma mère et rapidement, sans faire de bruit, j'ai avalé un verre de jus d'orange et je suis sortie de l'appartement. Le hameau était désertique, pas une âme dehors, seuls quelques volets et portes claquaient au rythme du vent. J'ai pris le chemin qui descend au lac, l'esprit aux aguets afin de ne pas être percutée par une des branches qui volaient, arrachées violemment par les rafales de vent. J'avais rabattu ma capuche sur ma tête et j'entendais le vent s'y engouffrer et gronder à mes oreilles, mon cerveau bouillonnait, mon cœur battait à tout rompre, j'avais peur, mais le lac m'attirait à lui, comme le chant des sirènes qui happent les marins dans les eaux noires et profondes de l'océan.

Je me sentais pourtant minuscule dans la tourmente et je me vois en train de cheminer sur ce sentier, secouée, malmenée par le gros temps, sous d'énormes nuages menaçants et entourée d'immenses arbres centenaires courbés jusqu'au sol. J'étais engloutie dans la turbulence des éléments et leur puissance me portait aussi intensément qu'ils m'épouvantaient.

Arrivée sur la rive du lac, je me suis mise à l'abri au creux d'un buisson et j'ai observé l'ensemble comme s'il s'agissait d'une peinture et que je n'étais pas dans le tableau. Que me voulait-on ? Qui m'avait attirée ici ? Quelle force occulte m'avait aspirée comme un fétu de paille jusqu'à elle ?

Puis, j'ai entendu des bruits que je ne connaissais pas, mais le contexte étant si peu habituel, je ne m'en suis pas vraiment inquiétée tout de suite. Les bruits ont persisté et se sont amplifiés : des claquements secs, comme des branches qui cassent net et des cris, des aboiements, des hurlements. J'ai soudain compris qu'il s'agissait d'un groupe de personnes qui dévalaient de la maison au-dessus du lac, sur le versant opposé, et qu'il y avait des coups de feu. Le vacarme se rapprochait, descendait et venait vers moi.

Je savais que cette maison était habitée depuis quelque temps, mais je n'avais jamais vu les habitants, si ce n'est le gros 4x4 qui circulait sur le chemin rejoignant la résidence. C'était une grande maison assez moderne, faite de bois et d'acier, luxueuse d'après ce que j'en avais entendu dire. Elle était restée un certain temps inhabitée, et avait fini par trouver un acquéreur avec suffisamment de moyens et l'envie de venir habiter dans ce coin perdu des Alpes. Des gens du hameau affirmaient que la propriétaire était une prostituée repentie, qui, de plus, comble de l'ignominie, était de peau noire. Je ne voulais pas les croire car je savais que Big John recevait chez lui cette supposée femme pour avoir aperçu le 4x4 garé derrière chez lui à plusieurs reprises. Et puis, cette maison avec vue sur mon lac, miroitant à travers les grands et fiers mélèzes, scintillant à ses heures sous les rayons du soleil des débuts d'après-midi d'été, me faisait rêver depuis toute petite et je ne voulais pas laisser les envieux et grossiers personnages du hameau polluer mon imaginaire avec leurs médisances.

Le vacarme se rapprochait dans un fracas de plus en plus violent jusqu'à couvrir celui de la tempête. Prise au dépourvue, je suis restée immobile, figée par ma surprise, en espérant que le tapage poursuivrait sa route, qu'il ne me concernait pas.

Mais tout à coup, j'ai vu apparaître de l'autre côté du lac le visage d'une femme noire à travers les branches de genévriers, la propriétaire de la maison avais-je pensé furtivement. Je ne la connaissais pas et je n'étais pas censée savoir qu'il s'agissait d'elle, mais cela m'avait semblé évident que ce fût-elle. Son visage était ravagé par la terreur et quand il a émergé d'entre les buissons, elle a immédiatement regardé dans ma direction, comme si elle savait que j'étais là et qu'elle me cherchait. Nos regards se sont croisés comme si nous nous trouvions à deux pas d'une de l'autre alors que nous étions très éloignées. D'ailleurs, je n'aurais pas pu décrire de façon précise les traits de son visage, d'une part parce que j'étais vraiment trop loin en distinguer les détails mais aussi parce que, pendant cet instant qui m'avait paru une éternité, je n'avais pu voir que ses yeux horrifiés d'où coulaient deux cylindres de lumière qui absorbaient tout le reste et venaient jusqu'à moi par vagues discontinues, m'empêchant de détourner le regard.

Cela s'est arrêté au moment précis où cette femme m'a quittée des yeux, sans doute parce qu'elle était morte. Et c'est aussi à ce moment précis que j'ai su. J'ai su où était mon père. Je ne peux rien l'expliquer, c'est ainsi que c'est arrivé.

Ensuite, tout est allé très vite. La femme avait dû recevoir plusieurs coups de feu dans le dos et gisait maintenant la tête la première dans l'eau. J'ai vu les éclaboussures et ses mèches de cheveux rouges voler en tous sens, tandis que son sang souillait la surface du lac. Un hurlement guttural et brutal s'est fait entendre, comme si une chose étrange et démoniaque se rompait, se déchirait. Puis, les hommes qui se tenaient debout devant elle avaient de nouveau tiré dans sa tête et, à chaque coup de feu, son corps tressautait lugubrement dans l'eau. Il y a eu une dispute violente et ils ont fini par remonter rapidement les talus avec leurs chiens.

Ensuite, plus rien, le silence, le vide, seule la tâche noire des cheveux de la femme flottait à peine perceptible par-dessus la surface des eaux du lac noircie de sang.

Je ne sais pas combien de temps je suis restée là, mais quand j'ai entendu ma sœur m'appeler du haut du plateau, il n'y avait plus un souffle d'air. Quelques rayons de soleil commençaient à transpercer les nuages, faisant scintiller l'humidité ambiante et les gouttelettes de pluie posées sur les branches des arbres.

Je suis rentrée à la maison avec l'intention de ranger soigneusement ce souvenir dans un coin de ma tête où je n'aurais plus jamais à aller le chercher, persuadée que tout cela n'avait pas existé, que mon imagination s'était jouée de moi.

J'ai fait mes devoirs, aidé ma mère pour le repassage, acheté la liste des courses au camion-épicerie qui passait le mercredi en fin d'après-midi au Hameau et je me suis couchée le soir, malgré tout dans un état second.

Lorsque je me suis réveillée le lendemain matin, j'ai bien entendu pensé que tout cela n'avait été qu'un affreux cauchemar. Je n'étais même plus sûre d'être allée la veille au bord du lac et, dans mon souvenir, la tempête qui avait sévi et pendant laquelle les événements s'étaient déroulés, donnait à l'ensemble une ampleur surréaliste qui me confortait dans cette impression. Deux jours ont passé, pendant lesquels j'avais fini par tout effacer ou presque, car l'idée d'aller de nouveau me promener près du lac me terrorisait.

L'événement qui m'a obligée à « faire quelque chose » s'est produit quand enfin le cadavre de la propriétaire de la maison du lac a été découvert, criblé de balles et que toute la France en a parlé aux informations télévisées. Quand j'ai entendu la présentatrice du journal du soir commenter le crime sur un ton laconique, une onde de chaleur intense a parcouru mon corps, chauffé mon cerveau à blanc et retourné mes entrailles au point de me rendre malade. Je suis restée une semaine alitée : « état grippal » a diagnostiqué le médecin ; à mon avis, il ne savait pas quoi penser et j'avais vraiment une forte fièvre.

Les jours ont passé, puis les mois et je ne savais pas comment me débarrasser de cette horrible histoire que j'avais vécue. La peur ne me quittait plus. Il fallait que je trouve une personne de confiance et qui puisse me croire et je ne voyais pas à qui je pouvais m'adresser. Régulièrement, je testais les adultes en faisant des allusions pour voir comment les personnes réagissaient, et à chaque fois les réactions d'incrédulité ou de moquerie me faisaient me recroqueviller sur moi, tel un escargot qu'on trempe dans du vinaigre.

Un jour, nous sommes allées, ma mère ma sœur et moi, passer le week-end chez Big John, comme nous le faisions assez régulièrement. Mais cette fois-ci, quand nous sommes arrivées de l'arrêt de bus à la grande grille de l'entrée de la demeure de Big John et que nous avons cheminé sur la longue allée ombragée qui mène au vaste perron en pierres grises, le garage situé à l'est de la propriété était ouvert. Cela a tout de suite attiré mon attention, car d'habitude il était constamment fermé et, comme je suis de nature curieuse, je me demandais toujours ce qu'il pouvait bien y avoir là-dedans. C'est ce que j'y ai vu qui m'a en partie décidée. Le gros 4x4 de la femme du lac était là, garé dans les tréfonds sombres de la remise. À peine quelques secondes après que j'ai pu apercevoir le véhicule, et alors que nous étions toujours en train de marcher d'un pas moyennement soutenu dans l'allée, le jardinier est arrivé en courant et a refermé la porte en la claquant, tout en jetant un regard soucieux vers nous. Tout était allé très vite, je pense que ni ma sœur ni ma mère ne s'étaient rendu compte de ce qui s'était passé. Après tout, elles ne savaient rien et ne pouvaient se douter de rien.
Alors, j'ai échafaudé le plan de parler à Big John. Il connaissait, j'en étais sûre, la femme du lac et peut-être me croirait-il.
Je n'ai pas pu lui parler ce week-end-là, l'occasion ne s'étant pas présentée. Il a fallu que j'attende encore deux mois avant que je puisse m'entretenir en tête-à-tête avec lui sans attirer de suspicions de la part de ma mère.

Big John m'a fait entrer dans son antre après avoir ouvert la large porte de bois rouge avec une minuscule clé dorée. L'intérieur de la pièce était éclairé par une lampe chinoise en jade blanc, posée sur une console qui se tenait à la droite de son bureau recouvert sur le dessus de cuir sombre. Une large fenêtre laissait passer quelques rayons mordorés d'un soleil d'automne, filtrés cependant par de lourds rideaux de velours vert. Il s'est installé sur un fauteuil club et m'a fait asseoir comme une grande personne en face de lui, sur une chauffeuse à l'assise moelleuse. J'étais très impressionnée, mais j'avais beaucoup réfléchi et cela faisait bien trop longtemps que je portais seule cette histoire avec moi.

Je lui ai tout déballé, sans retenu aucune, encouragée par ses hochements de tête et par le besoin de me débarrasser enfin de cette peur qui me tenaillait les entrailles et le corps.

Il a seulement relevé les yeux avec un air choqué quand je lui ai dit que je savais où était mon père. Je lui ai expliqué que j'avais eu une vision très nette du lieu où on pourrait le trouver, et que cette vision m'avait été livrée par le regard de la femme du lac avant qu'elle mourût. Il a fallu que je lui jure à plusieurs reprises que je ne racontais pas d'histoire, que je n'avais pas parlé avec elle et que je lui avais bien tout rapporté. Après cela, il m'a dit qu'il ferait ce qu'il faudrait, que je pouvais rentrer chez moi et reprendre des occupations de mon âge. Il m'a dit, en m'embrassant sur le front et en me caressant les cheveux :

– À partir de maintenant, j'en fais mon affaire et je te promets que tu ne seras ni dérangée ni ennuyée par personne, tu peux compter sur moi.

Et c'est ce qui s'est passé.

Je ne sais pas comment il s'y est pris, mais quelques jours après, mon père a été hissé de sa tombe naturelle : une brèche profonde dissimulée en contrebas d'une petite route dans la montagne.

Exactement trois ans et neuf mois auparavant, mon père était tombé dans ce trou et y était mort, assassiné, tandis que tout le monde croyait qu'il nous avait abandonnées pour une vie plus facile.

Ma mère a pleuré pendant quinze jours et a porté le deuil pendant un an. Ensuite, elle a épousé Big John pour nous mettre définitivement à l'abri du besoin matériel, nous a-t-elle dit.

Je n'ai plus jamais reparlé de tout cela avec Big John, jusque quelques jours avant sa mort, à l'occasion du deuxième entretien que j'aurais avec lui dans son bureau à la porte de bois rouge.

J'étais encore une enfant mais l'insouciance et la joie de vivre m'avait quittée. Ma mère attribua ma mélancolie au fait que l'on ait retrouvé mon père mort ; si j'avais été à sa place, c'est aussi ce que j'aurais pensé. Seul, Big John devait de temps à autre s'inquiéter et je le surprenais parfois à m'observer en coin...

Ainsi, ma vie a basculé irrémédiablement sur un versant sombre. Car, outre le traumatisme des événements passés, j'étais désormais habitée par des visions d'hommes, de femmes et d'enfants qui gisaient morts et qui attendaient que j'annonce leur décès à leur famille. J'ai longtemps pensé qu'il s'agissait de cauchemars liés à la découverte du corps de mon père.

Je comprends maintenant que mon don, ce pouvoir de retrouver les personnes disparues, m'avait été donné par Charline, ce jour-là au bord du lac. Ce pouvoir s'est imposé à moi et je réalise que je ne l'ai jamais vraiment maîtrisé. J'étais dans l'ignorance, en proie à cette force, cette capacité qui me dépassait et dont la cruelle absence, depuis qu'elle m'a quittée, me conduit à petits pas vers la fin†.

Une évidence s'est enfin posée : Charline est la clé d'une porte que je viens de trouver.

La porte est maintenant poussée, il faut que je rentre.

Etrangement, alors que je cherche Charline, un homme apparaît près d'elle. Un homme que je connais peu, mais je sais que je l'ai déjà vu.

Fletcher et Charline

– Ohé, Fletch, viens voir.... ohééééééééé, t'es là ? Viens !

Elle appelait du haut du talus, le visage à contre-jour, sa jupe en mousseline bleu turquoise volant au gré de ses mouvements et laissant apparaître ses longues jambes à peine recouvertes de bas nacrés retenus par des jarretelles en dentelle blanche.

– Mon amour, il faut que tu viennes voir, c'est trop génial !

– J'arrive, bébé, je viens te voir mais il faudra que tu m'embrasses.

Alors, elle avait ri, d'un rire enjoué, sonore et délicieusement sensuel.

Fletcher s'était approché pour la prendre dans ses bras et la faire tournoyer comme une enfant.

Soudain, alors qu'il l'enlaçait et se délectait de son corps contre lui, il reçut un violent coup sur la tête qui le fit vaciller. Il avait cru d'abord que l'agression provenait d'une autre personne qui se tenait derrière eux, il s'était tout de suite inquiété pour son amie et avait essayé de la protéger. Mais quand il s'était tourné vers elle, elle le regardait en souriant et tenait une petite matraque noire dans sa main. Abasourdi, il n'avait pas réagi et avait alors nettement vu son bras se lever et cogner à nouveau. Il s'était écroulé à demi-conscient, elle l'avait alors fait rouler à coups de pieds de l'autre côté du talus et son corps s'était effondré lourdement dans un puits sombre. Il avait perçu la lumière du jour décliner en même temps qu'il avait entendu le fracas d'une plaque en acier que l'on tire et qui glisse sur les cailloux. Il avait alors perdu connaissance pendant plusieurs heures.

Fletcher avait passé son enfance dans le fameux quartier populaire de Candem à Philadelphie, Pennsylvanie. L'école qu'il avait fréquentée, car son père veuf ne pouvait rien lui payer de mieux « coté », était bondée de futurs malfrats en tous genres : caïds, junkies et même futurs tueurs à gages, dont la majeure partie était des Hispaniques et des Noirs. Quand il y pensait, il se disait que c'était probablement depuis cette époque qu'il avait développé un goût immodéré et tant critiqué pour les filles noires. Les femmes à peau blanche, bien blondes ou même brunes, le laissaient froid tandis que ces belles femmes à peau sombre, souples et musclées, à la démarche dansante, aux yeux en amandes, aux bouches pulpeuses et aux dents bien blanches le faisaient toujours grimper aux rideaux.

Il avait arrêté l'école très jeune pour aller gagner sa vie et celle de son père au chantier naval de Kværner Shipyard car ce dernier croulait sous les dettes et était trop vieux et trop usé pour pouvoir travailler, hormis quelques petits boulots merdiques comme distribuer le lait ou le journal dans le quartier.

Il avait conservé de cette époque de sa vie une horreur hors du commun des chantiers navals et des ports industriels : claquements métalliques résonnant dans les hangars, roulements grippés des treuils rouillés, clameurs sonores et retentissantes des hommes de chantier, fracas étouffé des plaques de bois chutant sur les sols en ciment, coups répétés et lancinants des marteaux, sifflements vrombissements bourdonnements des perceuses, des meuleuses, des couteaux rotatifs, odeurs de graisse, de sciure et de fioul... Tout cela le rendait dingue désormais.

Pourtant, c'était bien dans le port de Philadelphie que sa vie de businessman, si l'on peut dire, avait commencé.

Car Fletcher était un garçon plutôt intelligent et il avait été très repéré par les crapules qui arpentaient les lieux en quête de toute affaire juteuse. Sollicité par un des habitués des lieux, Il avait commencé par rendre des services contre de petites sommes qui lui permettaient tout juste d'avoir, son père et lui, une vie plus décente et quelques « à côté » alléchants dont ils avaient dû se passer toute leur vie durant jusque-là. Au bout de quelques temps, un an peut-être ou plus, il avait été enfin mis en relation avec le Boss et c'est incontestablement à ce moment-là que sa vie avait commencé à changer du tout au tout.

Depuis lors, il n'avait eu de cesse de traiter des affaires de plus en plus dangereuses et de plus en plus complexes. Au fond, il adorait ça, ce challenge, ce goût du risque, cela le faisait frissonner, il se sentait fort et sûr de lui. Il jouait dans la cour des grands, fréquentait les restaurants et boîtes de nuit des stars et des mafiosi, couchait avec des femmes de rêve, toujours noires et belles.

Il faut dire que Fletcher avait un atout et, bien qu'il se refusât à penser que cela lui avait rendu service ou l'avait aidé à réussir ses missions, il en avait parfaitement conscience et ne se privait pas de l'utiliser, toujours à bon escient. Fletcher, avec son sourire enjôleur et son air libertin qui faisait étinceler son regard, des cheveux brillants et noirs qu'il laissait longs et tomber sur ses yeux d'un bleu profond, une mâchoire carrée et une bouche plutôt généreuse, une stature dominante très masculine et une belle allure, des fesses pleines, plaisait aux femmes, à toutes les femmes, et parfois aux hommes.

Il avait gravi les étapes d'une carrière dans le grand banditisme et logeait, toujours avec son père, dans une belle villa du côté de Malvern d'où on pouvait apercevoir les daims sauvages ruminer et bramer dans la forêt d'acacias au fond de son jardin de plusieurs milliers de mètres carrés.

Il avait rencontré cette fille lors d'une nuit de fête mémorable où l'alcool et la cocaïne circulaient sans retenue et il en était devenu fou, il l'adorait. Elle était d'une beauté troublante, très sexy et provocante, elle laissait croire que tout pouvait être possible à tous moments. Elle lui avait révélé plus que toute autre femme son attirance sauvage pour le sexe. Elle l'avait envoûté, il en était certain maintenant. D'où lui venait cette impertinence, cette façon d'être si sûre d'elle ? D'où venait son caractère si troublant ? Sa capacité à être si sexy et si masculine à la fois ? Et cette intuition qu'elle avait des gens et des choses le sidérait, on aurait dit une panthère féroce qui sait se faire passer pour une petite chatte langoureuse… !

De façon imperceptible ces derniers mois elle l'avait harcelé sans même qu'il ne s'en rende compte : elle voulait une maison à eux, une demeure qu'ils auraient choisie ensemble et où ils pourraient faire l'amour quand bon leur semblerait et de multiples façons. Elle lui expliquait par le menu ce qu'elle projetait d'y faire avec lui, et il en avait les cheveux qui se dressaient sur la tête et surtout des érections incontrôlées dès qu'il y pensait à toute heure du jour et de la nuit.

Ce vendredi soir-là, elle lui avait annoncé avec un air joyeux et mystérieux :

– J'ai trouvé une maison pour nous, tu verras c'est un endroit magique entouré de vallons et l'herbe y est verte à souhait. Elle est toute de briques rouges dans le plus pur style néo-victorien, tu vas adorer.

– À une condition, lui avait-il répondu. Je veux que tu m'épouses !

Bon Dieu ! Pourquoi lui avait-il dit cela ? Il n'en savait rien, c'était venu comme ça, son côté conformiste avait pris le dessus et il voulait lui faire plaisir ! Et elle avait joué le jeu à fond ! Elle l'avait regardé dans les yeux et des larmes avaient roulé le long de ses joues pour aller se poser sur le pourtour de ses lèvres et glisser jusque sur le bout arrondi de son menton qui s'était mis à trembler délicieusement. Il avait cru voir dans son expression une immense joie et de la gravité.

– D'accord, avait-elle répondu dans un souffle chaud, nous irons voir cette maison tous les deux, et là-bas, nous déciderons ensemble de la liste des invités à notre mariage. Tout Philadelphie sera là pour nous lorsque tu me passeras la bague au doigt, je veux que le monde entier sache que c'est toi, et toi seul qui me fais l'amour.

Ils s'étaient enlacés et embrassés longuement, jusqu'à l'extrême limite où, n'y tenant plus, ils s'étaient caressés puis il l'avait pénétrée brutalement, comme il aimait.

Fletcher, au fond de son puits, tâchait se de souvenir des détails de cette soirée où il avait connu cette fille chez des connaissances sans importance mais, à cet instant, il se demandait si cette rencontre avait bien été un hasard. Ce soir-là, elle avait été plutôt froide et distante, juste ce qu'il fallait pour l'intriguer et l'attirer. Mais sans qu'il n'y paraisse, elle l'avait en réalité collé toute la nuit jusqu'au petit matin, sans relâche. Il l'avait ensuite régulièrement revue, mais il ne l'avait pas mise dans son lit aussi vite qu'il aurait voulu le faire, en tous cas beaucoup moins vite que toutes les femmes qu'il avait connues avant elle.

Quand enfin elle avait cédé, il était déjà pris dans ses filets et ne pouvait plus se passer d'elle. Leur idylle avait duré trois ans. Trois ans pendant lesquels elle l'avait roulé et avait préparé le coup qu'elle venait de lui faire. Il en frémissait de rage.

Tout lui semblait clair maintenant dans les ténèbres de sa prison souterraine : depuis trois ou quatre ans, il ne savait plus exactement, le Boss lui donnait régulièrement des valises à passer, blanchiment d'argent ou paiement de services – cela n'était pas son affaire, il ne cherchait pas à savoir de quoi il s'agissait et faisait son boulot sans poser de questions. La marchandise lui était livrée le vendredi soir dans un appartement prés de Wilson Park qu'il avait loué avec un prête-nom à cet effet. Il devait garder soigneusement le colis au chaud pendant le week-end et le remettre le lundi matin en mains propres à la gare de Philadelphie. Il avait rendez-vous dans le grand hall de la gare au 30th Street Station, bondée à cette heure-là, et attendait en costard le preneur, tel un homme d'affaires qui doit prendre son train pour se rendre à son bureau. Dès qu'il le voyait arriver, il se levait en laissant la sacoche sur les dalles de carreaux en granit rose et, tout en ajustant sa cravate, il regardait l'heure et partait nonchalamment rejoindre la ligne Amtrak en direction de

New York. Il prenait le train et descendait après quelques stations à Levittown pour revenir à Philadelphie en taxi.

Comment avait-elle su qu'il avait cet appartement, il n'en savait rien. Toujours est-il que, le vendredi soir, elle avait absolument voulu aller dîner dans l'ambiance feutrée et *frenchie* de *Chez Vetri* et, se sentant fatiguée en fin de repas, l'avait prié d'accepter qu'ils dorment chez lui en ville. Fletcher avait bu, se sentait terriblement heureux et amoureux et ne s'était douté de rien. Il ne s'était même pas posé une seule question à ce moment-là, tout avait l'air tellement naturel.

Le lendemain matin, la tête encore pleine de bulles de champagne, ils avaient pris sa voiture, un des derniers modèles clinquant Stutz Blackhawk qu'il adorait et avaient roulé comme des fous en direction de Furlong au nord-ouest de Philadelphie, là où se trouvent les plus luxueuses demeures de la région.

Charline lui avait très bien décrit les environs. Ils avaient traversé des paysages vallonnés et verdoyants, parsemés de propriétés immenses et entretenues au millimètre près, toutes bordées de barrières blanches immaculées entourant les prairies ornées de légères pâquerettes et de chevaux tout aussi blancs, galopants la crinière au vent.

L'entrée de la propriété qu'elle avait repérée était protégée d'une grille en fer forgé ouvragé et s'ouvrait sur un sentier recouvert par le feuillage rafraîchissant d'immenses marronniers plantés de part et d'autre.

Starlight Manor House apparaissait alors au bout de l'allée, certes un peu délâbré mais de fière allure et d'une sobriété qui ajoutait de la superbe à l'ensemble. Une coursive orientée au sud et sécurisée d'un balustre d'apparence baroque lui donnait une touche désuète et touchante.

Ils avaient garé la Stutz Blackhawk devant l'imposante porte d'entrée précédée de quelques hautes marches, et avaient fait le tour du propriétaire, main dans la main, s'embrassant à maintes reprises, riant, se courant l'un après l'autre, elle en robe de mousseline bleue, assez courte et vaporeuse pour laisser entrevoir à Fletcher ses longues jambes athlétiques, le haut de ses bas et parfois un peu de la dentelle rose nacré de son shorty échancré.

– Ohé, Fletch, viens voir.... ohééééééé, t'es là ? Viens ! Mon amour, il faut que tu viennes voir, c'est trop génial...

Maintenant, il était là, enfermé dans le puits d'un manoir inhabité et abandonné, à des lieux de toute âme vivante. Qui pourrait l'entendre et le sortir d'ici ?

Fletcher rongeait son frein. Il n'avait pas de repère pour savoir depuis combien de temps il était dans le puits étroit et profond, mais il devinait que la belle était déjà loin. Elle avait dû prendre sa voiture et il était sûr qu'elle avait repéré la clé de l'appartement pour aller lui voler la mallette avant de s'enfuir Dieu sait où. Quelle sotte, il ne donnait pas cher de sa vie à présent, car selon lui, il y avait deux scénarios possibles et tous deux conduisant à la même issue, sa mort : soit il mourrait là comme un chien, et la bande du Boss le rechercherait et, découvrant la vérité, poursuivrait Charline jusqu'à la trouver et la tuer ; soit il s'en sortirait, et, qu'il le veuille ou non, il serait obligé de la tuer lui-même. D'une façon ou d'une autre, elle serait tôt ou tard descendue. Dommage, se dit Fletcher, cette conne était si belle, cela l'écœurait, quel gâchis !

Mais ce n'était pas le moment de s'épancher, il avait vécu assez de moments difficiles dans sa vie pour savoir gérer ses émotions et ses angoisses au moment où il le fallait. Patiemment, il fit le tour de ce qui pouvait l'aider pour sortir de là : ceinture, couteau, lacets à chaussures, cuillère (pour chauffer la dope), creuser les parois pour faire des encoches.... Y avait-il la moindre planche ou le moindre rebut qui pourrait l'aider à grimper ? Ayant inventorié tout ce qui pourrait l'aider, il constata rapidement qu'il n'avait rien, non strictement rien pour sortir de là. Il dut se résoudre au fait qu'il n'y avait plus que Dieu pour l'aider maintenant et il se mit à prier.

Et Dieu vint à lui.

Les mômes de Furlong

La famille Bayni, d'origine malienne, avait vécu depuis deux générations en France et avait migré depuis quelques années déjà aux États-Unis où elle avait emménagé dans une immense demeure en Pennsylvanie. Le père, un scientifique reconnu dans son domaine comme étant un expert de la génétique appliquée, avait obtenu un poste de professeur à l'Université publique *Penn State* d'Abington. Outre l'enseignement qu'il prodiguait aux universitaires, il avait monté un laboratoire dans l'enceinte du campus où il faisait travailler les étudiants intéressés et prometteurs.

Le soir, il rentrait dans sa propriété au nom clinquant *The Green Paradise*, qui abritait une vaste villa de style néo-Tudor, une piscine couverte, un court de tennis et un petit haras qui comptait trois *appaloosas* et deux *quarter horses* pour la randonnée, car Monsieur Bayni n'aimait rien moins que monter ses chevaux en western et aller se balader des heures durant sur les sentiers des forêts alentours.

Sa femme Chantal avait conservé une façon de vivre à la malienne qui, selon elle, lui permettait de donner le change et garder un repère stable dans les divers mondes où elle avait dû et se devait d'évoluer. Elle ne travaillait pas, s'occupait beaucoup d'œuvres de bienfaisance, utilisait un bon nombre de personnel de maison et laissait ses enfants plutôt libres de vaquer comme bon leur semblait, elle ne voulait pas les avoir dans ses pattes. Ses occupations majeures tournaient autour de la palabre et elle n'avait pas eu de mal à trouver des interlocutrices, ces célèbres *housewives* américaines, avec qui elle pouvait partager sa passion.

Elle vouait également une adoration à connotation très maternelle à son mari à qui elle passait tout, pour le plus pur plaisir de se sentir, en vérité, au-dessus de lui.

Bien entendu, cette vie luxueuse ne provenait pas que du salaire de Monsieur Bayni. Chantal Bayni possédait d'importants biens hérités de son grand-père qui avait été ministre en son temps au Mali sous Moussa Traoré, et qui avait été par ailleurs un ami proche et intime de Jean-Bedel Bokassa. Chantal et son mari n'avaient bien entendu aucun état d'âme quant à leur fortune, bien ou mal acquise, cela leur importait peu pourvu qu'ils en profitent. Ils avaient une haute estime de leur famille, s'estimaient faire partie des « maîtres du monde», l'autre parti, la masse populaire, étant les dominés insipides et vulgaires, corvéables à l'excès.

Les personnes qu'ils côtoyaient en Pennsylvanie, et de manière plus générale en Amérique du Nord, étaient suffisamment civilisées pour faire en sorte qu'ils oublient la répugnance raciste notoire. De plus ils avaient beaucoup d'admiration pour l'argent, ce qui les autorisait à les tolérer au sien de leur communauté de femmes et d'hommes financièrement très au-dessus, si bien qu'au bout du compte les Bayni étaient assez bien intégrés dans le paysage social des ménages richissimes du pays.

La famille Bayni comptait trois enfants, deux filles respectivement de 16 et 18 ans, et un garçon de 15 ans.

Les filles – renommées pour faire plus « US » Amy et Kathy – étaient toutes deux studieuses, discrètes et sans sérieux problème, si ce n'est les tracas liés à l'acné, quelques histoires d'amours tordues et des intrigues entre copines. L'une et l'autre étaient vouées à suivre des études universitaires, Kathy l'aînée suivait un cursus de Médecine pédiatrique à l'École Perelman, abrité dans le Campus « Penn » où son père enseignait, tandis qu'Amy était encore au Collège.

Il n'en allait pas de même pour le garçon de quinze ans, Ismaël, grand et bien bâti, en pleine crise identitaire dans ce milieu de femmes – le père étant le plus souvent absent– et qui s'était décrété communiste, voir anarchiste si on le poussait à bout.

Ismaël n'aimait pas les Américains ni les États-Unis et encore moins le racisme sournois et quasi-hystérique, surtout celui dirigé contre les personnes de sa couleur, car si ses parents et ses sœurs faisaient mine de n'en rien remarquer, lui, le subissait comme une injustice qu'il jugeait humiliante, d'autant plus qu'il avait aussi une haute estime de sa personne. Sa parade était la provocation et, comme il était passionné par la politique, sujet sur lequel personne dans son entourage ne pouvait le coller, le communisme, pire perversion dans ce monde où le capitalisme libéral poussé à son paroxysme faisait rage, avait tout naturellement trouvé sa voie.

Il avait réussi à dégoter un quartier général dans un manoir du coin à demi-abandonné où il organisait des réunions avec quelques acolytes, tous aussi épanouis que lui, afin de conspirer contre leurs parents et contre la société de façon plus générale. Les réunions avaient lieu de façon impromptue et chacun était informé, par billets glissés en-dessous des manteaux, qu'il devait de se rendre au QG coûte que coûte. Il avait été décrété que l'absence à une réunion équivalait à une radiation de l'OCF (Organisation Communiste de Furlong) – c'est dire le niveau de tolérance de ces jeunes gens – bien que ces expulsions lorsqu'elles étaient votées, étaient toujours rejetées, le nombre de « camarades » n'étant pas assez élevé pour supporter une telle rigueur disciplinaire. Les camarades se rendaient régulièrement au QG de l'OCF par leurs propres moyens, voitures ou motos empruntées en douce aux parents.

Ismaël, lui, y allait sur le dos de Traoré-Sunshine, l'un des appaloosas de son père. Il adorait ces promenades la plupart du temps nocturnes avec le petit cheval à la robe marmoréen sombre. Il montait à cru, bridait l'animal de rennes qu'il laissait lâches et posait seulement une couverture de selle sur son dos. Traoré-Sunshine connaissait le chemin et Ismaël n'avait même pas besoin de le guider. Ils avançaient au pas dans la nuit, tranquillement, écoutant les bruissements des crapauds ou autres batraciens qui fuyaient devant eux, admiraient la voûte céleste profonde et les étoiles scintillantes dans le ciel, parfois la lune immense et claire, et profitaient de toutes les senteurs tourbillonnantes que la terre leur offrait. Parfois, ils pouvaient observer le trajet luminescent d'un satellite ou l'éclosion fugitive d'une étoile filante.

Les « véhicules » divers et variés des camarades étaient dissimulés dans une des remises du manoir et une pièce était occupée au premier étage de la demeure, située en un lieu où personne n'aurait pu de l'extérieur soupçonner leur présence.

Les réunions comptaient huit à quinze adolescents boutonneux et rebelles, tous des garçons livrés à eux-mêmes. Les joints et les flasques d'alcool tournaient copieusement, alors les langues se déliaient et les conversations allaient bon train :

– Bientôt les élections, mes amis, il faut entrer en campagne pour Carter.

– Carter est mieux que Reagan, c'est sûr, mais il ne fera rien de plus à part quelques mesurettes sociales à deux balles.

– Oui, c'est clair. Il faut un homme de poigne pour vaincre tous ces enculés de nantis et de putains de traders et de chef d'entreprises, assoiffés de fric ! Il faut endiguer le déclin. La seule chose qui peut leur foutre la trouille, ce sont les révoltes sociales, tant qu'on leur fout pas le couteau sous la gorge, ils continueront à jouer à leurs putains de jeux boursiers pour s'enrichir encore plus et encore plus et encore plus…

– T'as vu à quelle sauce ils ont bouffé Chrysler, c'est clair que c'est une manigance, ils se fichent de tous des gens qui restent sur le carreau.

– J'ai honte de tout ce bordel ! Tiens, passe-moi ton whiskey, mon père votera Républicain, c'est sûr, il faut que je trouve un truc pour l'empêcher d'aller voter…

– Bonne idée, mec ! Si on montait un plan pour empêcher les parents qui votent Républicain de se rendre aux urnes ?

Et la discussion se poursuivait sans fin dans le but de trouver des moyens d'empêcher les parents en question de se rendre aux urnes.

Les nuits passaient ainsi, et au petit matin, avant que le jour ne se lève et qu'il soit l'heure de partir pour le Collège, chacun regagnait son lit, l'œil torve et les gencives chargées. Mais qui s'en souciait vraiment ? Seuls les professeurs auraient pu s'inquiéter de voir ces quelques garçons dormir sur leur bureau, mais eux non plus n'en faisaient aucun cas. Tous ces garçons avaient malgré tout des notes correctes, et cela suffisait, il n'était pas nécessaire d'alerter les parents et d'essuyer leurs reproches acerbes, car bien entendu, cela n'aurait pu être que de la faute des institutions enseignantes si ces chères têtes bien faites ne trouvaient pas les cours assez intéressants pour garder l'œil ouvert.

Un matin, et comme il le faisait assez habituellement, Ismaël resta dans le manoir un peu plus longtemps que ses autres camarades pour ranger le bazar et aérer quelques minutes la pièce. Il s'adossa à la fenêtre, accoudé devant le spectacle du jour qui se lève, de la montée graduelle de la lumière et des sons. C'était comme si une bête paisiblement endormie se réveillait et commençait à s'étirer, à se racler la gorge, à s'agiter et à déranger tout ce qui se trouve autour d'elle.

Sauf que ce jour-là, il y eut un autre bruit, un hurlement qui lui glaça le sang et lui fit se hérisser les cheveux sur la tête. Il ne croyait absolument pas aux fantômes, pourtant ce jour-là, il eut un doute sur le sujet. Il resta figé et pétrifié de peur, si bien qu'il eut tout le temps d'entendre à plusieurs reprises le hurlement, et qu'il finit par le localiser à l'extérieur du manoir. Au bout d'un moment, il eut le réflexe de se dire qu'il s'agissait peut-être d'un camarade qui aurait pu se blesser en quittant les lieux. Sans entrain et quelque peu refroidi, il se dirigea vers le lieu d'où venait le son. Il commença par descendre l'escalier en bois dont chaque marche craquait de façon sinistre, prit la porte de derrière qui grinçait horriblement, et les jambes flageolantes monta la butte derrière la propriété. Il examina les alentours et ne vit rien, les hurlements ayant cessé, il commençait à se demander s'il n'avait pas imaginé tout cela. Il pensait rebrousser chemin quand un nouveau hurlement se fit entendre à deux pas de lui et le fit sursauter. C'est alors qu'il aperçut une plaque de fer posée au sol et recouverte par endroit de graviers, si bien qu'elle était presque entièrement dissimulée, et qu'il ne l'avait jamais vue auparavant, bien qu'il lui fût arrivé de passer par-là à plusieurs reprises. Il s'approcha prudemment et lança un faible :

– Y'a quelqu'un ?

Rien ne vint, pas un bruit, seulement un silence bizarre qui présageait un tumulte.

Ismaël projetait de repartir sur la pointe des pieds au cas où la chose déciderait de se manifester, car il sentait bien qu'une chose se tapissait par là-dessous, lorsque enfin la réponse à sa question vint, formulée d'une façon violente et autoritaire :

– Putain ! Sors-moi de là, mec, sinon tu le regretteras toute ta vie !

– D'accord, se mit à gémir Ismaël tout en se disant : « *Putain ! C'est quoi ce truc ?* »

Il s'agenouilla et fit glisser la plaque de fer avec difficultés pendant que les jurons fusaient et il vit enfin apparaître une tête hirsute au fond d'un trou qui ressemblait à un ancien puits désaffecté de presque 5 mètres de profondeur à vue d'œil.

– Tu vas te débrouiller pour aller me chercher un truc pour me sortir de là. Compris, sale nègre ?

Ismaël eut un mouvement de recul et fut tenté de déguerpir et laisser l'ignoble type pourrir dans son trou. Mais cela voulait dire que le type mourrait sûrement et que lui et ses camarades seraient sans aucun doute impliqués dans une sordide affaire de meurtre si jamais la police découvrait le corps et enquêtait, car ils ne manqueraient pas à tous les coups de découvrir leur petite association. Par ailleurs, il ne pouvait pas non plus imaginer que le type était tombé là par inattention et avait remis la plaque de fer en place : on l'avait séquestré pour le liquider, c'était certain.

– Je vais chercher ce qu'il faut, connard de Blanc, mais tu la fermes sinon je te laisse crever là, lança Ismaël par-dessus le trou noir, les jambes malgré tout flageolantes.

Il n'eut pour toute réponse qu'un regard mi-haineux mi-interloqué de l'homme qui semblait au plus mal. Ismaël prit quelques secondes pour l'observer et conclut qu'il devait croupir dans son trou depuis pas mal de temps.

Il finit par trouver dans la remise du sous-sol une planche crantée qui pouvait faire office d'échelle et la déposa en biais en travers de l'excavation. L'homme essaya de monter mais il avait visiblement une jambe cassée ou du moins blessée. Ismaël prit sur lui et descendit dans le puits pour le soutenir et l'aider à monter. Enfin, tous deux purent sortir à l'air libre. Le jour était à présent levé et les oiseaux chantaient à tue-tête dans les marronniers qui agitaient bruyamment au vent leurs larges feuilles veloutées.

Quand ils furent tous deux en haut du puits, l'homme regarda Ismaël intensément, puis, contre toute attente et avant même qu'il ait eu le temps d'effectuer la moindre esquive, l'homme lui balança un coup de poing dans la figure qui le laissa sur le carreau.

Lorsqu'il reprit connaissance, l'inconnu était parti et Traoré-Sunshine avait disparu. Il ne restait plus à Ismaël qu'à rentrer à pied et à réfléchir tout en marchant, à ce qu'il allait pouvoir raconter à sa mère.

Quelles que furent les excuses qu'il présenta à sa mère, cette mésaventure clôtura les réunions de l'OCF, mais n'eut pas raison de l'intérêt et de l'engagement politique d'Ismaël.

Bien des années plus tard, Ismaël devint un des membres dirigeants du CPCUSA, le *Communist Party of the United States of America* auprès de Gus Hall, puis de Sam Webb. Il faut cependant noter qu'il avait été introduit dans le parti dans ses plus jeunes années par un célèbre journaliste noir américain, ami « comme par hasard » de son père, mais qui avait des liens directs avec la pègre locale via son patron de presse. Ce que personne ne savait c'est que ce journaliste avait eu pour mission de surveiller Ismaël de près, tâche dont il s'acquitta énergiquement cinq ans durant. Ensuite, il abandonna Ismaël mais celui-ci continua sa montée politique, mais en hors des rangs du CPCUSA.

Malgré une vie mouvementée et semée d'embûches de toutes sortes, des études de droit longues, difficiles et laborieuses à l'Université de Stanford, les obstacles familiaux sociaux et politiques à défier, il resta impliqué dans la vie politique et devint un haut fonctionnaire de l'administration Nord-Américaine, notamment en charge des relations politiques avec l'Afrique afin de tenter d'endiguer le terrorisme au Sahel, de lutter contre le Sida ou encore de protéger les relations économiques liés au pétrole sur le continent africain.

Toutefois, Ismaël se souviendrait longtemps de l'homme au fond du puits. Jamais il ne saurait qui il était et ce qu'il pouvait bien faire là, mais cet homme – ou plutôt un étonnant cumul de coïncidences – avait à son insu infléchi le cours de sa vie bien au-delà de ce qu'il aurait jamais pu seulement imaginer.

« Le médecin va passer » me dit une voix fluette mais qui m'extirpe de ma torpeur. « Vous devriez essayer de manger, tout de même » reprend la voix. Je prends alors la peine de jeter un regard par-dessus mes draps et aperçoit une petite femme à la mine fatiguée.

Ses cheveux d'un blond trop jaune sont relevés et maintenus par une grosse pince verte d'où quelques mèches retombent mollement, sa blouse blanche est tachée par endroit. J'ai presque pitié d'elle, alors que c'est moi qui suis en train de mourir dans ce lit et que mon état est bien plus pitoyable que le sien. Son regard croise le mien, et elle baisse les yeux comme si elle était gênée. Je sais ce qu'elle pense, et pour lui faire plaisir, je fais mine de tirer le plateau repas à moi, mais je sais que je ne toucherai rien de ce que s'y trouve. Non pas que je sois difficile, mais il n'est plus temps de perdre du temps à manger.

Les pièces sont sur l'échiquier.

Charline, échappée d'un monde de violence et de soumission, part vivre aux Etats Unis, chargée d'une chose dont elle n'a pas conscience, qu'elle porte en elle, et qu'elle me le donnera malgré elle le jour de sa mort au bord de mon petit lac gelé. Je ne sais pas encore ce qu'est cette chose qui curieusement s'est imposée à moi comme un don de voyance. Charline a été assassinée par Fletcher. Ce salaud s'est vengé après avoir été délivré miraculeusement par Ismaël Bayni. Mais je ne sais que trop bien, oh oui, je n'ai plus de doute à présent, qu'Ismaël n'est pas un miracle, il n'est pas arrivé là par hasard. Un frisson parcourt mon échine, me fait trembler des pieds à la tête.

Je bois quelques petites gorgées d'eau au goût javellisé qui tout de suite me pèsent sur l'estomac. Je n'ai donc plus d'estomac. Je jette le plateau repas dans la poubelle au pied de mon lit, je me sens en colère. Je réalise soudain quand et qui m'a parlé de cet Ismaël. Comment ai-je pu l'oublier ? C'est ce connard de Big John qui m'en avait parlé.

Le médecin ne passera pas de sitôt, sans doute pas avant une heure ou deux.

Je reprends mon introspection, il faut que je me concentre.

Après ma rencontre avec Charline au bord du Lac, la vision du corps de mon père dans les tréfonds de la montagne et, enfin, son exhumation de sa tombe naturelle, après que ma mère eut fait son deuil et qu'elle eut épousé Big John, ma sœur et moi sommes parties en pension, à l'Internat du lycée Saint-Joseph de Thonon-les-Bains. Nous ne rentrions que rarement voir notre mère chez Big John et, petit à petit, nous ne les vîmes presque plus, si ce n'est pour les fêtes de Noël, les anniversaires et parfois pour passer quelques jours en été à Chaussanolle, dans la fraîcheur des alpages.

Ma sœur fit ses études supérieures à Aix et travaille aujourd'hui dans une grande entreprise implantée dans le sud de la France. Pendant ce temps, je tachais laborieusement d'obtenir un diplôme universitaire sur la psychiatrie à la faculté de Médecine de Lyon. Enfin, j'eus achevé ma thèse dont le sujet me tenait à particulièrement à cœur : la Psychologie du deuil et les relations entre les vivants et les morts, et obtenu mon doctorat. J'ouvris alors mon cabinet privé à Lyon, dans un quartier cossu, grâce aux relations et à l'aide financière de Big John, bien entendu.

Mais bien avant cela et au-delà de ce parcours qui, sans doute, pouvait sembler exemplaire vu de l'extérieur, toutes ces années qui précèdent avaient été pour moi un enfer. En réalité, le seul moyen que j'avais trouvé à ce moment-là pour survive avait été de me réfugier dans mon travail. Je n'avais pas d'amis et j'avais l'impression que les gens me fuyaient alors qu'en vérité – et je le compris bien plus tard –, ils avaient peur de moi. J'avais très peu de relations amoureuses : les hommes paraissaient intéressés, sans doute attirés par mon physique, mais ils se détournaient de moi très vite et m'évitaient consciencieusement.

Je faisais sans cesse des cauchemars dont les scènes se passaient souvent au bord du lac auprès duquel je n'étais d'ailleurs pas retournée. Sur le rivage ensanglanté, il y avait des hommes et des chiens qui, parfois, me poursuivaient et se transformaient en monstres ; la femme noire se changeait en cadavre tandis que de gigantesques serpents luminescents sortaient de ses yeux et se ruaient vers moi pour me dévorer ; des personnages aux visages blafards et terriblement tristes marchaient sans fin tout autour du lac comme des fantômes condamnés et quand, parfois, j'apercevais leurs visages, leurs yeux n'avaient plus de pupilles. Des rafales de vent arrachaient les arbres, l'orage grondait et le lac débordait, je me noyais. Parmi mes cauchemars, un homme à la peau noire venait parfois me sauver. Il était dans l'ombre mais son âme brillait au-dessus de lui, une jeune adolescente le suivait en riant, son rire clair scintillait dans une pluie d'étoiles qui, petit à petit, s'éteignaient, et alors une main se tendait et me tirait en me soulevant dans les airs et je me retrouvais en apesanteur. Alors, je sortais de mon cauchemar comme si je quittais une pièce souillée. Puis, je me réveillais, toujours en nage et il me semblait entendre la pluie qui tapait au volet de ma chambre. J'avais toujours très peur et un sentiment de malaise, comme un poids appuyant fortement sur ma poitrine à m'étouffer, persistait après mes réveils. Tous ces visages continuaient à me hanter, même éveillée.

Ainsi, pour tâcher de dompter mon esprit et ses terribles visions, je n'avais trouvé qu'un moyen et passais le plus clair de mon temps le nez plongé dans mes livres : je suivais tous les cours avec une assiduité quasi-hystérique et travaillais sans relâche.

Et puis un jour... Un jour, tandis que préparais mon concours de l'internat, Big John m'avait demandé de venir le voir :

– Léa, il faut que je te parle : je sais que je vais bientôt mourir et je voudrais te dire des choses qu'il faut que tu saches avant que tout disparaisse avec moi. Je pourrais ne rien te révéler, mais je sais que tu ne le mérites pas... et tu ne le regretteras pas, viens aussi vite que tu peux, je crois que c'est bientôt la fin...

Il a sans doute un cancer, avais-je pensé, à son âge il est possible que cela dure plus longtemps qu'il ne croit...

J'avais pris ma voiture que je n'utilisais que rarement— c'est l'occasion, m'étais-je dit – et j'étais allée à la maison de Chaussanolle le soir même, tout en me demandant bien ce que « tu ne le regretteras pas » pouvait bien vouloir dire, car bien que Big John ait toujours pris soin de ma mère, de ma sœur et moi, je ne lui avais au fond jamais vraiment fait confiance. Je sentais confusément qu'il n'était pas si honnête que ce qu'il était de bon ton de croire, et que sous son air d'ours coléreux et débonnaire se cachait un homme qui pouvait être féroce et dangereux. Évidemment, je repoussais toujours ces pensées que j'attribuais à mon caractère à tendance suspicieuse.

Ce soir-là, nous avons dîné, ma mère, Big John et moi, sur la grande table de la salle à manger. Maman avait préparé un gratin dauphinois comme je l'adore, avec de belles tranches de lard fumé et de la crème fraîche épaisse. Nous avions pris notre temps, et je dois dire que Big John avait fait de gros efforts pour rester enjoué et ne pas laisser deviner son état, car il avait bien l'air d'être à l'article de la mort, les joues creuses, les yeux cernés, les cheveux clairsemés tel un moribond. Maman ne semblait pas triste, je pense qu'elle s'était fait une raison et se sentait peut-être prête à assumer sa vie comme une grande, à l'abri du besoin, car il était indubitable que Big John ferait le nécessaire afin qu'elle puisse vivre confortablement au-delà de sa mort.

Ma mère n'a jamais été une adulte, me disais-je en la regardant vaquer à ses occupations. Je me souviens m'être dit à ce moment-là que, malgré tout et même si je ne l'avais jamais vraiment aimée, l'aide de Big John avait été une bénédiction pour nous.

À la fin du repas, nous avions bu un Armagnac hors d'âge – un château Millet 1968, date de ma naissance –, Big John avait fumé un cigare d'où émanaient des volutes chargées de senteurs de cannelle et de vieux cuir, et une fois qu'il avait eu fini, il m'avait invitée à aller avec lui dans son bureau à la porte de bois rouge pour la deuxième et dernière fois de ma vie, tandis que ma mère rangeait la cuisine.

Lorsque nous étions entrés dans la pièce, l'atmosphère était exactement la même que la fois précédente. J'avais retrouvé le bureau recouvert de cuir, la lampe en jade posée sur la console et l'odeur de tabac froid et de poussière. Seule, la chauffeuse avait été remplacée par un guéridon de mauvais goût, recouvert de velours d'un rouge clinquant.

Nous nous étions assis à la même place que lors de notre dernier entretien, Big John sur son fauteuil club et moi sur le guéridon dont le contact avec les velours m'avaient procuré une douceur que j'avais trouvée réconfortante.

Nous avions attendu ainsi un bon moment tous les deux,

face à face, les yeux posés sur nos pieds.

Big John s'était enfin raclé la gorge et avait commencé à parler :

– Tu sais, je vais mourir bientôt, les médecins ne me donnent plus que quelques jours, ils m'ont dit que ce n'est plus la peine que je vienne à l'hôpital, c'est un signe qui ne trompe pas.

– Non, John, ai-je répondu mal à l'aise, ne dit pas ça... Personne ne peut vraiment savoir... Tu es coriace, cette maladie ne te terrassera pas aussi facilement, j'en suis sûre.

– Aujourd'hui, a-t-il repris sans tenir compte de mes protestions, je ne te dirai que la vérité, celle que je te dois avant que je parte et que tout ça disparaisse avec moi. Mais avant de commencer, je voudrais que tu saches que je t'ai légué la maison du lac.

– La maison du lac ? ai-je demandé, interloquée. Elle est à toi ?

– La maison du lac est à moi, je l'avais achetée pour Charline, la jeune femme que tu as vu mourir sous tes yeux et dont tu m'as parlé ici même, il y a bien longtemps maintenant.

– John, ai-je repris, je ne sais pas quoi te dire, c'est...

– Écoute ce que j'ai à te dire, et quand j'aurai fini, tu ne me remercieras plus, crois-moi.

Il s'était arrêté un moment et m'avait dévisagée comme si c'était la première fois qu'il me voyait. Il avait bu une gorgée d'eau du verre posé à ses côtés et avait de nouveau levé les yeux vers moi.

– Tu es une femme magnifique, aussi belle que ta mère, et même si ton regard est revêche et ton caractère sombre, cela ne fait qu'ajouter un certain charme à ta personnalité...

Je me souviens qu'à cet instant, lorsqu'il il m'avait regardée, j'aurais juré avoir vu tout au fond de ces yeux pétiller un désir inavouable. J'avais fait semblant de ne rien voir bien que j'aurais aimé pouvoir le gifler. Il avait continué sur le même ton et son regard s'était éteint, et je

65

m'étais dit qu'une fois de plus, j'affabulais mais subsistait l'impression que mon beau-père avait pu avoir des velléités à mon encontre.

Il avait repris :

– La maison du lac, je l'ai achetée pour Charline qui a été ma maîtresse pendant très longtemps : elle vivait aux États-Unis, nous nous sommes rencontrés à Philadelphie, nous nous retrouvions à chaque fois que j'allais aux States pour mes affaires. Charline était une personne délurée et obstinée à la fois. Elle avait beaucoup souffert mais n'en parlait presque jamais.

Big John m'avait alors raconté l'histoire de Charline et j'en avais eu le souffle coupé. J'étais triste et révoltée à la fois. Toutes les images qu'on nous avait servies lors des massacres au Rwanda et à Kigali m'étaient revenues en accéléré : l'horreur, le sang, la barbarie. Aussi, je m'étais sentie soudain ingénue inversement à l'idée que je me faisais de moi quelques minutes avant d'entendre Big John parler de tout ça. Il avait repris sa place et son rôle d'ogre bienfaisant et il m'impressionnait à nouveau terriblement, comme quand j'étais enfant.

– J'admirais Charline, sa force mentale, sa vitalité et elle était admirablement belle. Et puis, elle avait un sens des affaires incroyable, elle était extraordinairement clairvoyante et ne supportait pas qu'on lui donne des conseils, surtout venant d'un homme. Alors, quand elle m'a demandé de lui trouver une « planque en France pour se refaire », je ne me suis pas permis – ou si peu – de lui dire quoi que ce soit et j'ai pensé qu'elle savait ce qu'elle faisait. Après réflexion, j'ai pensé à la maison du lac, isolée et près de chez moi. J'ai fait du forcing pour l'acheter, tu sais les gens ici sont toujours prêts à me rendre service, alors ça n'a pas été si difficile... Charline est venue, accompagnée de Peel, un de mes hommes de confiance. Peut-être l'as-tu aperçu parfois : il est chauve et baraqué... Bon, cela n'a pas grande importance. Néanmoins, je savais par mes informateurs que Charline avait intercepté une valise pleine de fric qui devait à l'origine être

66

expédié à Genève pour acheter des diamants et je me tenais sur mes gardes. Merde ! J'avais dans l'idée qu'elle ne savait pas cette fois-ci à qui elle avait affaire ! Elle avait réussi à piéger un nigaud, un passeur, un maillon de la chaîne certes, mais un gros poisson tout de même. Et derrière toute cette engeance, il y avait les durs à cuire. Le nigaud en question, elle l'avait expédié dans un trou où elle pensait qu'il allait trépasser à petit feu... Des clous ! Ce connard s'en est sorti, tiré de là par une bande de jeunots qui squattaient les lieux pour venir picoler et fumer des joints... quelle connerie ! En plus, si tu savais qui l'a sorti de son trou ! Bayni, Ismaël Bayni, encore un petit con celui-là ! Ah ah ah !!! S'il savait !!!

Il s'était emballé pendant son soliloque et avait éclaté d'un rire gras et démoniaque, mais avait stoppé net au moment où il avait commencé à s'étouffer. Après avoir récupéré son souffle dans un râle qui en disait long sur état de santé, il avait continué :

– *Bon, je vois à la tête que tu fais que tu ne le connais pas, c'est pas grave, il est pas si connu au fond, ce con. Le gars, celui qui est sorti du trou, il était furieux et il fallait bien qu'il prouve sa bonne foi envers l'acheteur de diamants, et la meilleure façon (la seule dans ce milieu) était bien entendu de descendre Charline. J'ai tout fait pour essayer de la sauver j'ai remboursé le fric – bon Dieu si elle l'avait su, elle m'aurait écorché vif ! – j'ai contacté tous les types que je connaissais, mais rien n'y a fait, ils ont fini par la retrouver et ils l'ont butée. La seule chose finalement que j'ai pu faire est d'avoir retardé l'issue fatale, c'est tout. Charline a quand même, au fond, bénéficié de quelques mois où elle a été heureuse, enfin c'est ce que je crois... Elle a pu profiter du grand air et de la tranquillité apaisante du lac et de la montagne.*

Tandis qu'il parlait et que je l'écoutais, captivée, je l'observais et il est vrai qu'il avait une mine affreuse mais je ne discernais pas si c'était à cause de la souffrance que ses souvenirs lui procuraient ou s'il s'agissait de sa maladie.

Un rayon de soleil, tel un faisceau lumineux, était venu frapper soudainement la lampe de jade, et, pendant quelques instants, j'avais cru que celle-ci s'était allumée par miracle. Mais il n'en était rien, il n'y avait pas de miracle, la vérité était là, lourde et pesante, comme une grosse couverture sale et puante posée sur nos épaules et dont nous ne pouvions nous débarrasser.

C'est à ce moment-là que ma mère avait choisi de frapper à la porte pour porter son médicament à Big John. Elle était entrée à pas de loup, sans bruit, avait versé une poudre blanche dans un verre de cristal à pied et tourné une cuiller en argent dans le verre qui s'était mis à tinter étrangement dans le silence. En ressortant, elle m'avait jeté un regard interrogateur qui m'avait fait une peine immense. Elle ressemblait à une souris prise dans les pattes d'un gros et vieux chat qui ne se lasse pas de jouer avec elle. Elle avait refermé la porte mais pendant quelques temps, sa présence était restée là, avec nous.

— Il faut que tu saches que j'adore ta mère, je l'ai toujours aimée. Mon amour est platonique, nous n'avons fait l'amour que peu de fois et encore parce que j'avais trop bu et que mes sens étaient embrouillés, sinon, cela n'aurait jamais eu lieu.

— John ! ai-je menacé, je ne suis pas venue ici pour entendre parler de la vie sexuelle de ma mère, ou si c'est pour cela que tu m'as demandé de venir, dis-le moi tout de suite et je partirai sur-le-champ !

— Non, non, a-t-il surenchéri, non, j'ai voulu que tu viennes pour deux choses : la première, je te l'ai déjà dite, c'est le legs de la maison du lac ; la deuxième est la raison pour laquelle je te donne cette maison.

J'avais essayé de me calmer et de reprendre mes esprits. Le souffle me manquait, Toutes ces révélations me donnaient l'impression d'une vanne à fumier qui se serait ouverte d'un coup, laissant échapper des odeurs et des visions suffocantes. J'étais bouleversée et j'en avais des nœuds à l'estomac.

Cependant, il avait des choses à me dire et il allait mourir. Soit je refusais de les entendre, mais dans ce cas il aurait fallu que je m'abstienne de venir, soit je l'écoutais sans broncher.

Voyant mon air contrit, il en avait profité pour reprendre le cours de son histoire, la voix enrouée et la mine plus cadavérique que jamais :

– L'usine, ici à Chaussanolle, n'est qu'un alibi. Elle me sert de couverture et par la même occasion, il faut le dire, elle me permet de de déculpabiliser. Mes affaires sont ailleurs, dans plusieurs endroits du monde et surtout au Canada et aux États-Unis. Le clan Rizzuto, t'as entendu parler ? Bon, merde t'es bonne à rien en dehors de tes études psy ?... Mes fils hériteront d'une grosse fortune, j'ai des immeubles à New York et à Dubaï, une autre usine à Philadelphie... Mais la maison de Chaussanolle, je la donne à ta mère, ainsi que tout ce qu'il lui faut pour qu'elle vive dignement jusqu'à la fin de ses jours et que vous n'ayez, ni ta sœur ni toi, à vous tracasser. Ta mère ne sait rien de tout cela, elle ne pose pas de question, je crois qu'elle ne veut pas savoir, de toute façon.

Il avait de nouveau marqué une pause assez longue, comme s'il cherchait ses mots, puis il a dit :

– J'ai longtemps cru que tu avais parlé à Charline avant qu'elle ne soit assassinée, je ne croyais pas à ton histoire... Cette vision que tu as eue de l'endroit où était enfoui ton père mort. Maintenant, je sais que c'est vrai : je t'ai fait surveiller pendant des années ; si tu m'avais menti, je l'aurais su et je t'aurais fait tuer sur-le-champ...

Alors que j'avalais le morceau, il avait chuchoté une phrase que j'avais à peine entendue, si bien que, sur le moment, je pensais m'être trompée, abasourdie que j'étais, alors, il avait répété :

– De la même façon que j'ai fait descendre Peel...

J'avais bien compris, mais mon cerveau avait mis un certain temps à enregistrer l'information. Big John avait alors articulé :

– J'ai fait descendre Peel, je l'ai fait zigouiller, quoi !...
Quand Peel est venu en France, cet hiver-là, il y aura bientôt
vingt ans, il avait deux missions pour lesquelles il était
grassement payé : l'une était de rapatrier Charline de sa
planque de Miami et de la ramener en France jusqu'à la
maison du lac et c'est ce qu'il a fait. L'autre, la deuxième
mission, il l'a accomplie, mais pas comme c'était prévu. Ton
père prenait cette route à pied tous les matins, à la nuit noire
pour venir travailler à l'usine. Je lui avais concocté des
normes qualités inventées qui l'obligeaient à arriver à l'usine
très tôt le matin, bien avant que tout monde ne se réveille et
ne vienne travailler. C'était l'occasion parfaite pour que Peel
puisse opérer et qu'un accident arrive et qu'enfin je sois
débarrassé de lui... Peel devait s'occuper de Cyril en
provoquant cet accident !!! Et Rebecca devait être libérée de
cette mauviette... Excuse-moi de parler ainsi de ton père,
mais je ne supportais pas de la voir entre ses mains !!!

Une atmosphère glaciale avait envahi le bureau et avait
soudain pénétré mon cerveau. Big John dut ressentir le froid
lui aussi car il s'était levé et, tout en ajustant un plaid sur
son dos, il avait repris en tremblant perceptiblement :

– Cyril était un beau gars, c'est sûr, et c'était bien là le
problème : ta mère était aveuglée, mais je savais qu'il
l'aurait rendue malheureuse – et c'est ce qu'il avait déjà
commencé à faire : il était plus que limité, tu sais... Peel a
réalisé sa mission et à bien fait se produire ce faux accident.
Mais il était hors de question dans notre contrat que cela se
passe avec Charline dans la voiture ! Pourquoi a-t-il fait
cela, je n'en sais rien, bon sang, mais il est clair que
Charline ne devait rien savoir de cette histoire-là. Elle avait
déjà assez d'ennuis, et cette sotte avait tellement eu peur –
surtout pour elle – qu'elle est venue me dire ce qui s'était
passé avec Peel. J'ai vite vu qu'elle n'avait pas tout
compris, mais elle s'inquiétait à bon escient qu'on n'ait pas
retrouvé le corps de Cyril. « Putain, me disait-elle, tout va
foirer parce que si ce type s'en est sorti et qu'il va aller

70

parler à la police, et je vais être faite à cause de cette connerie ! Il m'a vue, Johnny, je te dis... Si la police vient me voir là, je suis faite ! »

Les yeux de Big John s'étaient mis à briller, j'avais eu alors l'impression qu'il se parlait à lui-même :

– Cela m'a rendu dingue, où était passé Cyril ? Était-il vivant ? Peel m'avait-il menti ? Je l'ai fait descendre, ce connard n'avait pas fait son boulot correctement de toute façon. Ensuite, tu sais ce qui s'est passé. Les mecs du Boss et le nigaud piégé – Fletcher, qu'il s'appelait– ont retrouvé Charline et l'ont descendu, et sous tes yeux encore ! Putain ! Quand j'y pense, s'ils t'avaient repérée, ils t'auraient descendue aussi sans hésiter. J'étais au plus bas, Charline morte, Rebecca inaccessible... Et puis, tu es venue me délivrer. J'ai pensé au début que tu me racontais des salades, mais tu étais si petite et si jolie, blondinette avec cet air angélique et doux... Grâce à toi, on a retrouvé Cyril et j'ai fini par épouser ta mère, vois-tu. Je sais que tu es choquée, qui ne le serait pas à ta place? Moi, cela fait des années que je vis avec ça, et dans quelques jours, tout aura disparu. Au fond, je ne suis pas fier, mais je ne regrette rien. Ta mère a eu tout ce qu'elle a voulu, tu sais. Tu comprends maintenant pourquoi je veux te donner la maison du lac, car qui d'autre que toi mériterait d'y habiter ? Je suis sûr aussi que Charline t'aurait adorée si elle avait vécu alors...

John s'était tu, puis avait gagné la porte avec peine et à petits pas. Avant qu'il ne sorte, je m'étais entendue hurler :

– Pourquoi tu me racontes tout ça à moi, maintenant !?

Il s'était retourné lentement et m'avait répondu d'une voix d'outre-tombe :

– Je ne veux pas que cette histoire tombe dans l'oubli, c'est ma façon à moi de racheter le mal que je t'ai fait. La seule chose que je te demande, c'est de ne jamais en parler à ta mère, mais je sais que tu ne diras rien, car tu ne voudrais pas détruire le reste de sa vie, n'est-ce pas ?

Il était ensuite sorti de son bureau et cela a été la dernière fois que je l'ai vu vivant. J'étais restée un moment

71

assise là, sur le guéridon dans la pénombre : mes oreilles sifflaient, mon estomac se révulsait et il me semblait ne plus pouvoir bouger.

Lorsque la nausée m'avait enfin quittée, j'étais allée rejoindre ma mère dans la cuisine. Elle s'affairait, je crois qu'elle était en train de préparer un gâteau au chocolat, je ne me souviens pas bien. Je l'avais embrassée tendrement, humé l'odeur de ses cheveux et de sa peau, cette odeur qu'enfant j'adorais, et, sans un mot, j'étais partie.

C'est ainsi, dans son bureau et cette soirée d'automne, que Big John m'avait révélé qu'il avait fait assassiner mon père. Je me suis longtemps demandé pourquoi il avait tenu à m'en faire la révélation. Je n'ai jamais cru qu'il avait voulu se racheter. Qu'il eût souhaité soulager sa conscience eût été plus vraisemblable. Toute sa vie, cet homme aura oscillé entre une fausse générosité intéressée et une malveillance proche du sadisme, mais contre toute attente, ses confidences qui, je le crois, visaient plutôt à me détruire – il me savait fragile psychologiquement – eurent pour effet de me sortir de mon marasme.

Il est mort trois jours après et nous sommes allées, Justine et moi, à son enterrement, mais nous ne nous sommes pas approchées : il y avait beaucoup de monde tout en noir : voitures noires, voilettes noires, tailleurs et complets noirs. Rebecca semblait perdue et totalement étrangère à ce qui se passait. Elle portait un tailleur gris très pâle rehaussé de picots bleu turquoise, seule touche colorée dans tout ce noir et j'ai compris qu'elle ne porterait pas le deuil, cette fois-ci.

Que savait-elle ?

« Mon Dieu ! ai-je pensé, faites qu'elle ne sache jamais rien... ! »

C'est alors que dans la foule des « tout en noir », je l'ai vu aussi nettement que dans un de mes cauchemars : un homme grand, brun avec des yeux d'un bleu profond. Dans mes rêves, il était toujours assis au bord du lac, il pleurait, *des tressaillements secouaient ses épaules, je m'approchais pour le consoler et alors je comprenais qu'il ricanait. Horrifiée, je tâchais de m'enfuir et il m'attrapait de sa main crochue en me dévoilant son visage et ses yeux emplis de haine. Dans le cimetière, ce jour-là, j'ai voulu comme dans mes rêves m'approcher de lui mais une pluie drue et cinglante s'est mise à tomber, l'homme est parti. FLETCHER, le nom de Fletcher est venu me frapper comme un grêlon sur la tête. J'ai vacillé avec le mouvement de la foule vers les abris et les parapluies qui s'ouvraient. Je n'ai plus vu l'homme, néanmoins j'ai pris conscience seulement à cet instant que mes rêves puisaient leurs images dans le monde réel : les fantômes du lac, toutes ces personnes qui tournaient dans mes rêves éveillés n'étaient autres que des visions de personnes disparues mais bien réelles, qui attendaient que je les reconnaisse, comme j'avais reconnu mon père dans son tombeau de pierres et de branches, au fond de la brèche. J'ai commencé à comprendre que j'avais un don de double vue et que sa source venait de la rencontre avec cette femme noire au bord du lac alors que j'étais enfant. C'est ce que j'ai senti instinctivement, au pied du cercueil de Big John dans le cimetière de Loyasse à Lyon, parmi les sépultures et les mausolées, au moment où j'ai su qui était l'homme aux yeux bleus remplis de haine.*

Nous avons passé le Noël suivant en famille – ma mère, ma sœur et moi – dans ma maison au bord lac où j'avais pu enfin revenir. Mon état d'esprit oscillait entre la compassion pour cette femme qui avait vécu quelques mois ici et mon besoin de me concentrer sur ce lieu où tout avait débuté.
Des baies vitrées du vaste salon de la maison posée sur pilotis au flanc de la montagne, j'apercevais mon lac en contrebas. La lumière rasante de ce soir d'hiver faisait scintiller doucement sa surface gelée. Les mélèzes, comme à leur habitude, agitaient majestueusement leurs lourdes branches noires. On entendait les derniers cris stridents des

73

milans qui regagnaient leurs abris sur les hauteurs en tournoyant au-dessus des cimes blanchies. Le temps sentait la neige, déjà quelques flocons virevoltaient devant les fenêtres.

J'avais allumé un feu de chêne dans la grande cheminée centrale du salon, la chaleur faisait craquer et geindre les lambris de bois des plafonds. J'avais posé des bougies sur la table et sur la crédence de la salle à manger pour donner une lumière douce ; leurs éclats mordorés ondoyaient et vacillaient langoureusement, tout en faisant danser des ombres confuses et étranges sur les boiseries.

J'entendais au loin la musique envoûtante de Bernard Herrmann du film Vertigo qui filtrait de la salle télé à l'étage où Justine était installée, lovée comme à son habitude sous un volumineux édredon que j'avais pris soin de lui trouver.

Rebecca était assise sur un tabouret de la cuisine et avait commencé à éplucher les légumes du repas de Noël.

Cette nuit-là, nous étions toutes les trois réunies, seulement toutes les trois pour cette fête et cela m'avait mis le cœur en joie.

La pénombre s'était enfin installée au dehors et la montagne s'était assoupie, mon petit lac blotti au creux des vaux s'endormait comme un enfant. Quelques dernières lueurs violettes rayonnaient discrètement de sa surface et attestaient de sa paisible présence. J'avais baissé les stores des baies vitrées et rejoint Rebecca à la cuisine pour préparer les écrevisses du dîner du soir. Je fus alors frappée par la fraîcheur de son visage, malgré son âge. Elle avait levé les yeux vers moi et m'avait souri comme si elle avait perçu l'insistance de mon regard posé sur elle. Elle avait alors posé son couteau sur la paillasse, s'était essuyé les mains sur un torchon et s'était approché de moi. Elle m'avait pris la main et, tout en soutenant mon regard, m'avait dit :

– Tu vois, la vie des femmes n'est pas facile. Je me suis protégée, c'est vrai, et je vous ai protégées, toi et Justine, et

74

*c'est cela seulement qui compte par-dessus tout.
Aujourd'hui, quand je vois les femmes que vous êtes
devenues, je sais que j'ai eu raison.*

*Nous nous sommes enlacées toutes les deux un long
moment et je n'avais pas pu retenir mes larmes qui,
lentement, avaient coulé sur ma joue et jusqu'au creux de
mon cou.*

*Il m'avait alors semblé tout à coup réaliser que mon
père avait disparu pour toujours. Cette évidence ne m'avait
frappée qu'à cet instant et je m'étais sentie comme si j'avais
reçu un coup de poing dans le visage. Je l'avais peu connu
mais sa présence me manquait, il y avait un vide qui ne
pourrait jamais être comblé.*

*Ma mère était retournée à l'épluchage des légumes,
comme si de rien n'était, comme si elle avait toujours
traversé le monde et le temps, enfant, inconsciente des
soucis et des préoccupations des adultes.*

*Je l'enviais pour cette capacité de soumission à la vie et
décidai, en ce soir de Noël, de me reconstruire coûte que
coûte : commencer par admettre, tâcher de comprendre et
savourer enfin.*

*Ainsi débuta une autre étape de ma vie. De mes années
sombres emplies de cauchemars, je m'acheminais péniblement
et sûrement vers une période sans doute occulte, en tous les
cas mystérieuse, peu commune mais lumineuse me semblait-il
à l'époque.*

*Big John avait joué un bien sale rôle et je pensais
bêtement que son forfait s'arrêtait là. Je ne pouvais pas
imaginer qu'il pût y avoir pire.*

*Aujourd'hui, un pressentiment me dicte qu'il était allé
bien plus loin dans l'abjection et j'ai tendance à croire qu'il
est un de ceux qui menaient le jeu. Que savait-il ?*

Il faut que je remonte encore plus tôt dans mon enfance,
même si cela me coûte. Je pressens que j'y trouverai LA
connexion, celle qui me donnera la clé. Je fouille à droite à

gauche dans mes souvenirs et dans le souvenir des visions que le don m'a livrées, les pièces tournoient. Big John a bien l'allure du fou, mais il n'est pas le roi, je ne l'imagine pas ainsi. Mais voyons ce que ce fou peut nous révéler.

Big John, le fou qui aimait les femmes

En cet après-midi de fin d'été, Big John invectivait dans son bureau, en brandissant les poings, un homme terne devant lui en complet-cravate qui prenait soin de regarder ses chaussures en signe de soumission ou bien de « *Cause toujours, tu m'intéresses* » :

– Bordel de merde, tu vas me la faire surveiller cette gosse, la petite Léa !

L'homme, tandis qu'il s'adressait à Big John, prenait bien soin de le regarder dans les yeux afin de jauger ses réactions et d'adapter son discours en conséquence :

– D'accord, j'ai bien compris. Si vous me le permettez, je vais voir avec le médecin pour le mettre sur le coup, il fera tout ce qu'on veut, il a bien trop peur d'être dénoncé depuis la petite magouille que vous avez arrangée pour lui. Il lui trouvera une maladie, une allergie ou un truc comme ça, et demandera que la petite soit suivie. Il pourra la surveiller de près et lui poser des questions, après tout un médecin doit parler avec ses patients, non ?!

– Bon, et je veux un rapport au moindre soupçon, c'est clair ?

– Oui, oui, on fera faire tout ça aux petits oignons, ne vous inquiétez pas… Mais, sans être indiscret, qu'est-ce qu'elle vous a fait, la gamine ? Ce n'est qu'une gosse, après tout…

– Ta gueule, connard de crétin ! Tu me poses une question de plus et je te fais bouffer ton costard et tes couilles avec, c'est clair ? Tu fais ce que je te dis et c'est tout… Bordel, faut toujours qu'ils la ramènent ces cons, peuvent pas obtempérer sans discutailler… Font chier !

Big John fulminait comme il l'avait rarement fait. Il transpirait, s'essuyait le visage et repartait de plus belle :

– Cette gosse est venue me raconter des sornettes, à moi, à moi !! Et avec un aplomb qui m'a estomaqué. Si elle n'était pas la fille de ma douce Rébecca, ma protégée, le trésor de ma vie, je lui aurais flanqué deux tartes ou tiens, même deux balles dans sa gueule ! Mais je me suis maîtrisé, et au lieu de cela, je lui ai embrassé le front ! Je ne veux pour rien au monde risquer de perdre la mère de cette sotte, tu m'entends, sous aucun prétexte ! Il faut que tu la fasses surveiller sans éveiller les soupçons. Et maintenant, dispose avant que je te fasse bouffer ta cravate !

Jean Charrier, celui que l'on nommait Big John à cause de sa haute stature et parce qu'il sortait toujours coiffé d'un chapeau de cow-boy, avait deux faiblesses : sa petite ville natale paumée au creux des Alpes françaises et les femmes. Les belles femmes, par-dessus tout… ! Cette passion n'avait rien de franchement sexuel et n'était pas non plus vraiment intéressée, du moins pas directement et surtout pas de façon affichée. Il ne souffrait tout simplement pas de savoir qu'une belle femme – une de celles dont il s'était approprié le déroulement de la vie – soit dans les pattes de *« sales cons qui abusent de leur douceur »* se disait-il en lui-même. Il se sentait obligé de les protéger, de les choyer, ce qu'il faisait plus ou moins, et plutôt plus qu'il n'en fallait pour ses favorites, *« ses femmes à lui »*. Et la mère de la petite sotte qui voulait le berner en lui racontant des billevesées était une de ces protégées, et qui plus est sa préférée.

Au fil des ans, il avait acquis un sens de la psychologie féminine particulièrement aiguisé et il était évidemment bien plus avisé que la majorité des hommes. Mais, cette fois-ci, il séchait, et c'est bien ce qui le mettait en colère.

La petite Léa, qui, contre toute attente, avait découvert *« la tombe champêtre »* de son père, devait forcément s'être entretenue avec Charline, car seule Charline pouvait savoir où le corps de Cyril se trouvait. Or, cette dernière lui avait juré à l'époque qu'elle n'en savait rien et que le gars en question avait dû réussir à s'enfuir car la dernière et seule fois qu'elle l'avait aperçu, il était vivant. Big John se demandait bien pourquoi elle lui aurait caché la vérité et pourquoi elle aurait fait des révélations à Léa – et enfin, qu'est-ce que Léa finalement attendait de lui ? Il avait beau se creuser le cerveau, il ne comprenait rien. Rien de toute cette histoire ne trouvait la moindre explication logique parmi la multitude de scénarios qu'il imaginait.

Quoi qu'il en soit, il avait fait remonter le corps de Cyril – qui était en effet exactement à l'emplacement décrit par Léa – et cela finalement l'arrangeait indubitablement car il espérait qu'il pourrait enfin « récupérer » Rébecca entièrement pour lui, maintenant qu'elle avait la certitude que Cyril était mort. Elle ferait le deuil de son défunt mari en bonne et due forme et, une fois cette période passée, il lui demanderait sa main – qu'elle ne lui refuserait pas, il en était sûr. Enfin, il respirerait tous les jours à ses côtés, il pourrait se sustenter à sa guise de sa douce chaleur féminine, l'observer à la dérobée, se repaître des effluves de son corps délicieusement langoureux, la sentir sienne et la préserver tel un diamant dans son écrin.

S'il était vrai que le message de Charline reçu *« on ne sait comment »* par l'intermédiaire de Léa arrangeait ses affaires, il restait toutefois méfiant et préférait faire surveiller de près la gamine :

– Ça marche pour le médecin, dit-il au type en complet-cravate qui se tenait patiemment devant lui. Et s'il peut lui tirer quelques informations, ça serait pas mal. Il faut aussi que le toubib soit le plus discret possible : je veux que personne ne se doute de quoi que ce soit, et surtout pas sa mère, c'est clair ?

L'homme en face de lui et cligna des yeux pour confirmer qu'il avait parfaitement compris. Afin de clore l'entretien, Big John fit un signe de tête et prit l'air absorbé par un document sur son bureau. L'homme sorti posément :

il était soulagé de prendre le large mais ne voulait rien en laisser paraître.

Lorsqu'il fut seul, Big John se servit un cognac millésimé et se mit à humer avec délectation ses notes suaves et fondues de jasmin et de roses séchées. L'odeur du breuvage le rassurait, il lui procurait un apaisement furtif, certes, mais nécessaire tant il se sentait sombrer dans une confusion qui l'embarrassait. Les reflets ambrés du breuvage caressaient la rétine de ses yeux, tandis que les ombres du soir commençaient à gagner l'intérieur de la maison. De lourds nuages chargés de pluie avaient fait leur apparition en fin de journée, assombrissant les crêtes dentelées des montagnes.

Soudain, les boiseries de l'ancienne demeure familiale se mirent à craquer de façon singulièrement distincte. Big John ne croyait pas aux fantômes, mais il ne put s'empêcher de penser à Charline, l'impétueuse, mystérieuse et exquise beauté d'ébène. Elle n'était pas ce qu'on appelle une lumière, mais elle possédait un instinct de panthère, toujours sur ses gardes, prête à égorger sa proie ou bien à s'enfuir à l'approche du danger. Mais cette fois-ci, son désir de vengeance l'avait aveuglée, et, bien qu'il ait tout fait pour la sauver, elle ne s'en était pas sortie. Il se souvenait pourtant de l'avoir avertie, notamment lors d'une escapade qu'il avait faite avec elle à New York. Il se souvenait de cette semaine-là, qui avait été horrible : il faisait un froid glacial et un vent tout droit descendu du Pôle Nord soufflait dans les rues de la ville. Ils devaient faire du shopping mais avaient passé finalement la majeure partie de leur temps entre la chambre et le restaurant du *Ritz Carlton* érigé en bordure de Central Park. Charline n'était pas de bonne humeur, mais il avait tout de même tenté de lui parler.

– Charline... bébé, tu m'écoutes ?

– Oui, bien sûr que je t'écoute. Qui ne t'écouterait pas ? Crois-tu que tu sois quelqu'un qu'on n'écoute pas ? Bon, fait pas cette tête, qu'est-ce que tu veux ?

– Fletcher est un idiot, soit. Mais ils bossent pour de trop gros poissons pour toi, laisse tomber, c'est trop dangereux. Je les connais, ils te lâcheront pas, tu pourras pas leur échapper... Je t'assure, crois-moi.

– Depuis quand je te demande des conseils, Johnny ? Je veux juste que tu me trouves une maison dans un coin tranquille en France et aussi de nouveaux papiers... C'est tout, tu peux faire ça pour moi, tu crois pas ? Bon, je t'explique : je ne veux rien te devoir. La maison restera à toi, tu le sais, on en a déjà parlé. Pour les papiers, je te paierai quand j'aurai l'argent, tu peux me faire confiance. Et puis, pour le loyer... tu pourras venir me voir quand tu veux, je m'occuperai bien de toi, tu sais ça, non ?

Pour toute réponse, elle s'était approchée avec un air cajoleur et s'était assise à califourchon sur lui, lui collant son décolleté sous le nez. Elle n'avait pas vraiment besoin de tels arguments avec lui, mais Charline avait l'habitude d'utiliser son corps pour convaincre, elle ne pouvait pas s'en empêcher. Big John flancha, troublé. Il savait qu'elle avait gagné, mais une certaine tristesse s'était installée en lui :

– OK, comme tu voudras bébé, t'es grande après tout, c'est toi qui décides. Tout sera prêt pour les papiers et la maison. Promets-moi de faire attention à toi... Dis, tu me promets ?

Pour toute réponse, elle lui avait fourré sa langue dans sa bouche et ils avaient fait l'amour ; il n'y tenait pas forcément mais elle se faisait un point d'honneur à le contenter. Enfin, c'est comme cela qu'il voyait les choses.

Ce qu'il lui avait prédit était arrivé : le Boss avait envoyé sa meute, non pas pour récupérer l'argent – Big John avait déjà remboursé la somme en question assortie d'une compensation assez malhonnêtement estimée sur laquelle il n'avait pas eu son mot à dire – mais par principe, pour ne pas laisser l'affront sans représailles. Charline avait été assassinée sur les rives du lac du hameau des Crêtes, Fletcher en personne avait organisé l'exécution.

Quand tout cela était arrivé, il avait décidé qu'il fallait qu'il fasse une dernière chose pour elle, pour qu'il ne soit pas le seul à la pleurer – son regard de biche, sa volonté farouche, sa force de caractère, son corps ferme et lascif – et que la mémoire de cette jeune femme soit célébrée et partagée. Il avait alors projeté de prévenir sa famille.

Puis, le temps avait filé. Il avait passé l'hiver suivant à redoubler d'attentions envers Rébecca, il attendait son heure, le jour où elle se livrerait à lui. D'avance, il se plaisait à imaginer les moments où enfin il la posséderait. Et naturellement, sans s'en rendre compte, il oublia ses intentions envers Charline, mais aux beaux jours, un mauvais rêve vint lui rappeler la promesse qu'il s'était faite quelques mois auparavant. Dans la semaine qui suivit, il contacta ses « chiens de piste » comme il aimait à appeler, et envoya la «horde» à la poursuite de toute information intéressante qui pourrait aider à retrouver la famille de Charline. Il savait qu'elle était d'origine rwandaise, elle lui avait raconté des bribes des horreurs qu'elle avait vécues à plusieurs reprises – et il était bien le seul à qui elle s'était confiée – mais il savait aussi qu'elle avait, à plusieurs reprises, changé de nom de famille, ce qui compliquait particulièrement les recherches. Il ne s'attendait pas à avoir des nouvelles de sitôt, et ce n'est qu'après avoir enfin épousé Rébecca qu'il reçut de ses limiers quelques pistes exploitables.

La pluie commença à tomber. De grosses gouttes ventrues dissimulaient tel un voile devant les vitres de la maison le paysage au loin. Le vacarme de l'averse, pesant, sinistre, froid et humide prit la place du silence. Big John tisonna le feu qui s'était éteint dans l'âtre de l'imposante cheminée en pierres, quelques flammèches rougeoyantes scintillèrent quelques instants avant de mourir définitivement étouffées dans la cendre. Alors, d'un pas lourd, il gagna l'escalier qui menait à sa chambre à l'étage et dormit d'un sommeil sans rêves jusqu'au petit jour.

De par le monde, les trafics en tous genres, qu'ils soient de marchandises ou humains, la fraude, la corruption font tourner les économies et s'enrichir ceux qui participent sans état d'âme à la curée. Toutefois, et selon Big John, il existe trois lieux sur terre où excellent les pillages et où le banditisme, la criminalité et les mafias demeurent les seules organisations dignes de ce nom. Il s'agit de l'Amérique du sud, de la Russie et de l'Afrique et de bon nombre de pays d'Asie, soit la majorité de la surface terrestre. Un homme d'affaires tel que Big John avait comme il se doit, des contacts privilégiés avec les organisations influentes et politiques dans ces pays-là.

En Afrique, il possédait un bon réseau qui opérait notamment avec les Russes pour les transactions d'armes lourdes, et une filière liée au transit de cocaïne de l'Asie vers les pays occidentaux.

Un jour, le nom du frère de Charline lui fut remis par ses limiers et il en fut abasourdi : Havila Sifas ! Il connaissait cet homme : brillant écrivain éthiopien, juriste de formation ayant participé très activement à la mise en place du Tribunal Pénal International pour le Rwanda, issu d'une riche famille rwandaise tutsi et dont le grand-père, ministre en son temps, possédait une réputation de médecin – ou gourou – dans toute l'Afrique de l'est, homme politiquement avisé et engagé, ami personnel de François Mitterrand.

Big John s'était tout de suite dit qu'il fallait qu'il le rencontre, qu'il lui parle. Il échafauda le plan d'aller le voir en terrain neutre et de façon totalement anonyme, il ne voulait pas être mêlé à une histoire de meurtre et il ne savait pas comment cet homme pourrait réagir.

Bien qu'il ne connût que très peu l'Afrique, il s'y était pourtant senti tout de suite très à l'aise, pour la seule et bonne raison que ces *« sous-hommes ne l'impressionnaient pas : des amateurs et des arriérés »*. Son intelligence, d'après lui, dépassait de loin l'ensemble des idiots peuplant ce continent et aucun danger ne pouvaient venir de ces olibrius à la peau noire et à l'esprit lent et fantasque, tous empêtrés de croyances archaïques, même s'il convenait au fond que bon nombre de ses semblables à la peau blanche étaient tout autant des « *abrutis finis* ».

Lorsqu'il reçut un avis favorable de Havila Sifas, il gagna Addis-Abeba en passant par l'aéroport international de Francfort, quelques heures suffisaient pour s'y rendre. Celui-ci avait accepté le rendez-vous avec empressement et sans poser de question dès qu'il sut que l'entrevue portait sur une information ayant trait à sa famille.

Alors qu'il volait à bord du confortable Boeing de croisière 767, traversait l'immense désert ocre du Sahara et qu'il longeait la Mer Rouge, Big John pensait plus que jamais à Charline et se demandait comment son frère prendrait la nouvelle qu'il venait lui porter. Il avait à plusieurs reprises annoncé des décès à de futures veuves éplorées. Mais il n'avait cure de ces personnes décédées, de leurs enfants et de leurs femmes et, par conséquent, il avait pris l'habitude de préparer ces discours, les mots lui venaient tout seul. Cette fois-ci, c'était différent, il se sentait déstabilisé par ses propres sentiments et il appréhendait la confrontation avec cet homme. Ce qui rajoutait une certaine pression et que Big John ne s'avouait pas, c'est que l'homme en question l'impressionnait. Il avait beau fanfaronner et faire des digressions, une tension tangible avait pris possession de son corps.

Et il ne fut pas déçu. L'entrevue eut lieu à Addis-Abeba, un jour de vent effrayant, charriant poussière et détritus. Il se remémorerait toute sa vie de cet homme, d'une dignité et d'une grâce incroyable, touchante, qui malgré l'endroit vétuste et sordide où ils s'étaient rencontrés, ressemblait à un monarque bienveillant et il admettrait qu'il avait croisé peu de personnes dans sa vie qui l'avaient troublé à ce point.

– J'ai bien connu votre sœur, car vous avez une sœur, n'est-ce pas ? lui avait-il demandé d'emblée.

Havila avait paru très affecté par l'annonce du décès de sa sœur. Il avait posé beaucoup de questions et ils avaient discuté longuement :

– Oui, j'ai eu une sœur à une époque... celle dont vous venez de me parler... enfin si je ne me trompe pas... je la recherche depuis longtemps

– Ne la cherchez plus... Je suis infiniment désolé d'être porteur d'une aussi mauvaise nouvelle, mais votre sœur est morte voilà plus de deux ans. Je regrette de ne pas vous l'avoir fait savoir auparavant, mais il m'a fallu tout ce temps pour vous retrouver. Faut dire que Charline n'était pas... comment dire, elle était plutôt discrète question famille, et relations aussi.

Après quelques instants pendant lesquels Havila sembla accuser le coup, il lui demanda, tout en fixant le mur fait d'infectes lattes de bois devant lui, comme s'il y voyait quelqu'un :

– Ma sœur vous a-t-elle remis, à vous ou à l'un de vos proches, quelque chose qui appartiendrait à notre famille, vous en a-t-elle parlé ?

Big John resta perplexe quelques secondes. Il pensa immédiatement à Léa : serait-il possible que Charline lui ait remis quelque chose ? Il avait toujours cru qu'elles avaient pu se parler et que Charline lui avait révélé certains secrets comme la tombe de son père, mais il n'avait imaginé pas qu'il eût pu s'agir de l'échange de quelconques objets. C'était en effet possible, mais cela ne réglait en rien la compréhension de toute cette histoire. Il se dit qu'il repenserait tranquillement plus tard et opta pour le silence :

– Non, pas que je sache. Cependant, nous avons gardé dans un coffre toutes les affaires personnelles de Charline, je pourrais vous les faire parvenir, si vous le souhaitez ?

– Oui, merci, c'est très aimable à vous. Ce n'est pas que je veuille récupérer les biens de Charline, mais il y a peut-être des lettres ou des objets qui pourraient m'éclairer sur sa vie passée et me permettre de comprendre ce qui lui est arrivé.

Après qu'ils eurent bu quelques verres et échangé des détails concernant les circonstances de la disparition de Charline, Havila s'était levé, lui avait serré la main et était parti dans la nuit en emportant avec lui cette nouvelle sinistre. Cet homme avait déjà tellement souffert !

À son retour d'Afrique et après qu'il eut fait envoyer toutes les affaires de Charline à Addis-Abeba, non sans avoir au préalable inspecté chacun des objets qu'il faisait mettre en caisse, Big John se sentit libéré et galvanisé, comme si toute cette affaire ne le concernait plus. Il se contenta de ne pas faire relâcher la surveillance de Léa.

Il se consacra sérieusement à vie future avec Rébecca : une vie plus rangée, enfin en apparence. Rébecca n'était pas Charline, il ne pourrait pas attendre les mêmes attentions de sa part, mais il savait en revanche qu'elle resterait à ses côtés jusqu'à la fin de ses jours.

Havila Sifa

La corne de l'Afrique, Addis-Abeba, dans les ténèbres d'une nuit chaude.

Un homme éveillé se balance avec nonchalance sur un rocking-chair en bois d'ébène dont les montants usés gémissent à chacun de ses mouvements. L'homme, d'une allure juvénile malgré son âge très avancé, tient ses longues jambes croisées avec grâce devant lui et a renversé sa tête en arrière, de façon à laisser tomber son regard au fin fond de l'univers et de pouvoir admirer les milliers d'étoiles scintillantes qui s'égrenaient et dessinaient la nébuleuse de la Voie Lactée. Un vent tiède vient caresser son visage, quelques hurlements et cris lointains déchirent le silence par intermittence. *« Les derniers fêtards encore debout en cette nuit d'Epiphanie »* pensa l'homme, et bien qu'il déteste la débauche et les débordements, il se sent apaisé et heureux. À ses côtés, dans une chambre attenante, une jeune fille dort à poings fermés et il peut percevoir, d'où il se trouve, l'atmosphère qui, tour à tour, se contracte et se gonfle au rythme de sa respiration.

Il fut une époque où Havila Sifa était atrocement angoissé pour l'avenir de sa petite fille, dernière descendante de sa famille et de sa lignée. Il se souvenait avec un frisson de malaise et aussi un certain soulagement de leur visite chez le docteur Hofer avec qui il avait pris contact très longtemps à l'avance, car il était difficile d'obtenir une consultation. Lorsqu'il avait enfin eu un rendez-vous définitif – la date avait dû être reportée plusieurs fois, soit de son fait soit de celui du docteur – il s'était appliqué à préparer soigneusement leur voyage et avait essayé de penser à tout ce dont ils auraient besoin, et surtout à la façon dont l'entrevue pourrait se dérouler. Les billets d'avion avaient été achetés, les chambres d'hôtels dans les villes où ils séjourneraient réservées – une escale de plusieurs jours à Paris était prévue avant qu'ils ne se rendent à Lyon, leur destination finale – et sa petite fille préparée pour ce rendez-vous. C'était elle qui devrait rencontrer le docteur, lui-même était trop vieux maintenant. Sa décision était prise. Il avait fait son temps, et ce temps avait été dédié à retrouver ce qu'il estimait être en la possession du docteur et qui appartenait à sa famille, du moins le croyait-il : Umutongero Basha – le seul fait de prononcer ou même de murmurer son nom le faisait jubiler mais aussi frémir d'appréhension – un bien familial extrêmement précieux qu'il espérait enfin pouvoir récupérer et remettre directement à sa petite fille.

Ils avaient pris un vol direct Addis-Abeba Paris en première classe : il ne voulait pas être dérangé et souhaitait arriver le moins fatigué possible, l'esprit et le corps alertes. Il avait pressenti que cette rencontre serait cruciale, l'ultime qui lui permettrait de pouvoir vivre en paix, se reposer les jours qu'ils lui resteraient à vivre avec le sentiment du devoir enfin accompli – celui-là même qui l'avait harcelé sans répit tout au long de sa vie.

De naissance rwandaise et de la caste des Tutsi – les anciens éleveurs érudits du centre de l'Afrique – de la lignée aristocratique et richissime des Sifas, il s'était installé en Ethiopie après les insurrections de Kigali en 1994, bien qu'il portât toujours en lui l'estime de son peuple et se considérât comme supérieur, de par sa culture, son éducation et les biens qu'il possédait. Cette supériorité lui permettait, selon lui, de comprendre ses congénères, les Hutus, les Twas, les Peuls, les Massaïs et les différents peuples d'Afrique et du monde, et lui autorisait une certaine tolérance envers ses semblables, hommes et femmes, qu'ils soient noirs comme lui ou bien caucasiens ou encore asiatiques.

De surcroît, sa famille possédait Umutongero Basha, ce bien transmis depuis toujours de parents à enfants au sein de leur lignée et qui leur conférait un pouvoir inestimable et les plaçait au-dessus de tout et de tous.

« Umutongero Basha », prononce son nom le faisait frémir de joie et de crainte. Ce pouvoir qui ne supporte aucune explication rationnelle avait toujours été au service de la lignée des Sifas et de leurs ambitions. Cependant, il se posait la question parfois si, à l'inverse, ce n'était pas les Sifas qui étaient à son service ? Preuve en était qu'il avait pu s'affranchir de sa famille en passant quelques années auprès de ce docteur. Il avait des doutes et allait parfois jusqu'à se demander si tout cela était bien réel ? Après tout, n'était-ce pas leur croyance et leur certitude qui animait cet étrange pourvoir ? Il balaya d'un revers de la main ses pensées et se dit que peu importait : les hommes possèdent des croyances et les croyances possèdent les hommes en structurant leur vie, c'était ainsi dans le monde entier et depuis toujours. Il se mit à sourire en pensant soudainement à ce scientifique occidental, terriblement pragmatique, avec qui il avait eu une discussion sur ce sujet et qui l'avait traité avec condescendance lorsqu'il lui avait dit : *« Ne pas croire est une croyance en soi. »* Mais que pouvait comprendre un scientifique affreusement terre à terre à la philosophie de la vie ?

Umutongero Basha avait été égaré lors de l'assassinat de sa mère en décembre 1963, au cours des massacres de Gikongoro, commis par la paysannerie locale contre les élites et sans doute provoqués par des famines répétées.

Le vieil homme avait alors à peine15 ans et, s'il ne se souvenait que confusément des émeutes de Gikongoro, il n'avait rien oublié des mois et années qui avaient suivi. Essayer de comprendre l'histoire de son pays et reconstituer les drames familiaux furent ses premières préoccupations. Dès lors qu'il avait été prêt et suffisamment solide psychologiquement, il avait commencé à prospecter pour trouver les membres disparus de sa famille, en espérant qu'il y eût des rescapés.

Pour cela, il avait contacté la CDG, « Commission Pour les Disparus de Gikongoro », composée majoritairement de Tutsis qui s'étaient chargés de fouiller les charniers et de répertorier consciencieusement et un à un les cadavres retrouvés sur place. Les dépouilles avaient été alignées et conservées dans des hangars dont les toits étaient recouverts de feuilles de bananiers et de tabac. Les lieux étaient pestilentiels et assaillis par toutes sortes d'insectes volants et rampants, mais malgré cela et l'horreur qu'il ressentait, il avait cherché et avait facilement pu retrouver les corps de ses deux plus jeunes frères, ainsi que celui de sa mère qu'il avait pu reconnaître grâce à ses vêtements – il se souvenait parfaitement de la robe que sa mère portait ce jour-là. En revanche, il n'avait pas réussi à retrouver le corps de sa sœur – il lui semblait se souvenir, parmi les bribes des scènes qui lui revenaient en mémoire, qu'elle avait été séquestrée par les Hutus rebelles en même temps que sa mère, ce qui signifiait qu'elle avait sans doute survécu. Il en avait eu la certitude par la suite, car aucun répertoire de la CDG ne signalait le corps d'une enfant de cet âge à cet endroit de la ville.

Il avait supposé naturellement que sa sœur disparue pouvait avoir récupéré Umutongero Basha par le truchement de sa mère. Connaissant l'attention sans limite que cette dernière lui accordait, il était certain qu'elle avait trouvé un moyen de le lui transmettre avant de mourir.

L'homme assis se balance toujours sur sa chaise, alors que la nuit prend une teinte bleu marine brisée par endroits de pâles lueurs couleur lilas. Les cris des derniers fêtards se sont tus, laissant l'espace sonore aux grillons qui ne se lassent pas de striduler dans un semblant de fraîcheur nocturne. Il se lève pour aller dans la cuisine se servir un verre d'eau et, de la large fenêtre calfeutrée par une moustiquaire, il aperçoit les faibles lumières de la ville par-dessus les hauts murs de la propriété. À l'entrée, devant une très large porte de bois cloutée, un Burkinabé muni d'une lance acérée, d'une discrète lampe-tempête et de ses grigris – chacun censé le protéger contre un ennemi précis – monte la garde en scrutant les ténèbres et en guettant tout mouvement anormal – voire paranormal.

Pendant ce temps, dans sa vaste demeure, et après avoir bu son verre d'un seul trait, l'homme reprend place en étirant ses minces jambes devant lui sur son rocking-chair et laisse aller ses pensées comme bon leur semble.

Sa mère l'avait éduqué dans le respect et l'estime de leur famille. Elle lui avait maintes fois rabâché le rôle qu'il aurait à jouer et les responsabilités qu'il aurait à porter car c'était lui qui, à l'origine, aurait dû hériter de Umutongero Basha ce pouvoir dévolu à sa famille depuis la nuit des temps. Il se souvenait avec mélancolie de ces moments où elle se penchait vers lui, lorsqu'il en profitait pour humer son odeur sucrée et épicée et la douce chaleur de son haleine dans son cou : « *Tu seras le garant de notre lignée et de ses pouvoirs* » lui chuchotait-elle dans le creux de l'oreille.

Les terribles événements de Gikongoro l'avaient dépossédé de tout : de sa mère, de ses frères, des richesses de sa famille mais, malgré cela, il n'avait pu s'empêcher de se sentir responsable – comment aurait-il pu faire autrement ? – et il avait tenté toute sa vie – il en avait le vertige quand il y pensait – de retrouver leur bien.

Il s'était investi sans limites dans des investigations, sur la simple supposition et intuition que sa mère, lorsqu'elle avait compris qu'elle n'en réchapperait pas et prise au dépourvu, l'avait remis à sa sœur, sans toutefois que cette dernière ne sût de quoi il s'agissait vraiment, et sans même qu'elle eût seulement conscience d'être garante du puissant et troublant pouvoir qu'il procurait et qu'elle posséderait désormais.

Après des années de recherches, il avait fini par retrouver les traces de cette sœur disparue, mais lorsqu'il s'était enfin présenté à son domicile en personne, elle s'était de nouveau évaporée et restait désormais introuvable. Il avait passé plusieurs mois à l'attendre dans un hôtel proche, à guetter son retour car il ne supportait pas l'idée que, si près du but, il puisse de nouveau rentrer bredouille. Mais elle n'était jamais revenue et personne parmi ses proches n'avait pu le renseigner. D'ailleurs, son entourage était si limité qu'il s'était demandé s'il n'avait pas été englouti, s'il n'avait pas disparu avec elle dans un autre monde.

Il s'était retrouvé de nouveau comme un misérable, sans aucune piste, seul avec son devoir familial : *« Tu seras le garant, tu seras le garant... le garant, le garant, le garant... »*

Après les échecs de ses recherches, la vie avait filé et il n'était pas resté inactif. Il avait réussi, grâce à son travail, son réseau et le respect que son nom procurait, à reconstruire un petit empire et une jolie fortune. Il avait également connu le bonheur d'avoir un enfant avec Violette, une femme merveilleuse mais fantasque, qui avait malheureusement fini par les abandonner, lui et sa fille, pour aller vivre avec un entrepreneur millionnaire en Belgique. C'est aussi à ce moment-là qu'il s'était engagé clandestinement au FPR, « Front Patriotique Rwandais », composé de Tutsis opposés au pouvoir en place, non pas parce qu'il était dans les mains des Hutus mais parce que le pays s'était enlisé dans la dictature et la répression. La propagande battait son plein, organisée et scandée par un mouvement radical, le *Hutu Power* : les désirs de vengeance des peuples avaient émergés tous azimuts et la peur de la violence encouragée avait gangrené le quotidien des populations jusque-là relativement calmes. Puis, il y avait eu ce missile lancé sur cet avion qui s'apprêtait à atterrir à Kigali, occupé par les présidents rwandais et burundais, causant leur mort et celle des autres passagers.

Alors, le pays s'était enflammé instantanément. Des milliers de personnes avaient péri dans d'atroces souffrances et tout cela en quelques heures. Et le sort s'était acharné : la folie des hommes et leurs tueries avait coûté la vie à son unique fille et son gendre. Il était cependant parvenu, outre à se sauver lui-même in extremis, à sauvegarder la vie de sa petite fille Araksane, encore tout bébé.

Il s'en souvenait comme si c'était hier. Dès qu'il avait eu vent de l'ampleur des conséquences du meurtre du président Juvénal Habyarimana, il s'était précipité chez sa fille dans sa Mercedes blindée pour les emmener prendre un des derniers avions à décoller de Kigali ce jour-là.

Cependant, lorsqu'il était arrivé devant leur demeure, ils étaient déjà morts. Il avait distinctement vu, en passant devant le mur d'enceinte de la bâtisse, leurs corps mutilés et, entassés et plus loin, à quelques mètres, ceux du jardinier et de sa famille. Une dizaine d'activistes anti-tutsis devant la porte buvaient de l'alcool de palme, hurlaient, chantaient, braillaient. Ils étaient ivres et assoiffés de sang. Bien qu'il lui en coutât, il ne s'était pas arrêté car s'il l'avait fait, ils l'auraient découpé vif à coups de machettes et de serpes.

Le cœur partagé entre la peur sourde et une fulgurante douleur, il avait emprunté le chemin noir et boueux qui filait vers le centre de Kigali, et passant devant la demeure des voisins de sa fille, il avait été happé par une foule paniquée, vociférant, beuglant de désespoir et d'euphorie à la fois. De façon soudaine, une femme était sortie du tumulte ; il l'avait reconnue comme étant la nourrice de sa petite-fille. Elle courait vers lui, trébuchant et pleurant et lui faisait des signes d'une main – il avait réalisé plus tard qu'elle avait été épargnée parce qu'elle était Hutu. Son visage reflétait l'effroi, pourtant elle portait ce ballot de linge qu'elle lui avait prestement lancé par la fenêtre à demi-baissée de sa voiture, dès qu'il l'avait ouverte et après qu'il eut hésité un long moment.

Dans ce paquet, il y avait Araksane, toute petite, suçant son pouce. Elle semblait droguée, sans doute lui avait-on donné un sédatif afin qu'elle ne pleure pas et n'éveille pas les soupçons des fous sanguinaires qui massacraient indifféremment hommes, femmes, vieux, vieilles et enfants. Ensuite, il ne se souvenait plus vraiment en détails du déroulement des événements : il était sous le choc. Il avait réussi, il ne savait même plus comment, à rejoindre l'aéroport et à monter dans un de ces fichus bastringues.

Le monde semblait être devenu absurde : les hordes des activistes endoctrinées par les slogans de la radio des Milles Collines tuaient tout et tous sur leur passage et parfois même des leurs. Il est probable que ses contacts avec le monde occidental, ses appuis politiques et l'argent qu'il possédait lui avaient permis de pouvoir monter dans l'avion et de fuir, mais il aurait tout aussi bien pu mourir assassiné, comme sa mère et ses petits frères à Gikongoro trente ans plus tôt et enfin sa fille et son gendre dans leur demeure de Kigali...

Il lui avait fallu de longues années pour maîtriser sa douleur. Il s'était occupé d'Araksane du mieux qu'il avait pu et avait essayé de lui inculquer l'amour de la paix, de l'entente, de la conciliation plutôt que la colère et le désir de vengeance, et cela ne lui avait pas été facile. Au fond, c'était sans doute Araksane qui l'avait sauvé de la barbarie. Sans elle, que serait-il devenu ?

Tous ses souvenirs tournoyaient en boucle dans sa tête avec leurs cohortes de détails, d'éléments incongrus, douloureux, sans qu'il parvienne à les classer par ordre chronologique ou même par importance. Il avait l'impression que sa mémoire vivait sa propre vie, sans souci aucun pour son hôte.

Un jour, contre toute attente, un homme l'avait contacté pour lui *« faire part d'une information importante concernant sa famille»*... ! Qui donc était cet homme, qu'avait-il à lui apprendre ? C'était un français et, pour le joindre, il avait utilisé des réseaux qui lui paraissaient incongrus et avaient piqué sa curiosité. Enfin, et par-dessus tout, une intuition tapie au fond de lui sonnait l'alarme : rencontrer cet homme, son message est important... Umutongero Basha est revenu !

Il avait fait savoir au réseau en question qu'il acceptait la

94

rencontre. L'homme lui avait donné rendez-vous dans un bar lugubre du district d'Akaki Kaliti à Addis-Abeba, un de ces bouges qui empestent le mauvais rhum, le tabac froid et la crasse.

C'était un soir de juillet, il faisait déjà nuit. Un vent glacial balayait les détritus et saletés de la rue et les faisait s'envoler à tout va, se coller contre les grillages défoncés et les taudis dont les planches tremblotaient sous les bourrasques. L'homme était grand et d'âge mûr, il portait un chapeau western à larges bords et parlait avec un fort accent français. On ne pouvait pas dire qu'il était beau mais il se dégageait de sa personne une puissance qui en imposait. Il semblait être de la race des hommes qui commandent et à qui on ne résiste pas : *« un caractère bien trempé »* s'était-il dit en le voyant assis, l'air tranquille dans ce coupe-gorge, comme s'il était dans son propre salon.

Ils s'étaient présentés et avaient pris le temps de boire un verre d'une bouteille de cognac, sortie de sous le manteau, introuvable à Addis-Abeba par les circuits traditionnels. Un enivrement léger et apaisant les avait envahis assez vite et ils en étaient venus alors à *« l'information importante concernant sa famille»*, presque sans s'en rendre compte.

– J'ai bien connu votre sœur... car vous avez une sœur, n'est-ce pas ? lui avait-il demandé d'emblée.

– Oui, j'ai eu une sœur à une époque... et vous savez que je la recherche depuis longtemps, n'est-ce pas ?

– Ne la cherchez plus... Je suis infiniment désolé d'être porteur d'une aussi mauvaise nouvelle, mais votre sœur est morte voilà plus de quatre ans. Je regrette de ne pas vous l'avoir fait savoir auparavant, mais il m'a fallu tout ce temps pour vous retrouver. Faut dire que Charline n'était pas ... comment dire, elle était plutôt discrète question famille, et relations aussi.

Le Français lui avait raconté longuement et patiemment tout ce qu'il savait sur la vie de sa sœur et comment elle était décédée : sur les rives désertes du lac de sa maison, tuée par des types de la pègre américaine. La raison de cet assassinat lui échappait, avait-il assuré avec insistance. Sa sœur était une amie chère et il avait tenu à faire ce voyage jusqu'à lui pour lui annoncer personnellement cette triste nouvelle. Il voulait partager sa peine et, en quelque sorte, célébrer sa mémoire avec lui.

Le choc de cette annonce avait été tout d'abord amorti par l'effet de l'alcool, puis il s'était ensuite rappelé avoir vaguement entendu parler dans les médias de cette histoire de riche Américaine assassinée par la mafia en France près de Lyon, mais il n'avait pas à ce moment-là fait le rapprochement avec Charline.

Après avoir salué sobrement le Français, il était rentré chez lui en taxi et, sur le chemin du retour, avait enfin réalisé ce que cela signifiait : Umutongero Basha lui échappait une fois de plus. Alors qu'il pensait s'être débarrassé pendant toutes ces années et, une fois pour toute, de sa culpabilité, il s'était retrouvé de nouveau désespéré.

L'espoir et le désespoir ressemblent à un océan déchaîné : les vagues montent, hautes, gigantesques et puissantes, laissant distinguer l'horizon radieux, puis sombrent au fond de creux obscurs et terribles qui vous donnent la nausée. L'annonce du décès de Charline lui avait fait connaître un des plus épouvantables désespoirs de sa vie... mais un horizon radieux et lumineux de l'après tempête lui était de nouveau apparu lorsqu'il eut vent du don du docteur Hofer.

Il avait tout de suite compris qu'il possédait Umutongero Basha et y puisait ses étonnantes et merveilleuses facultés. De plus, le lien était évident : le fameux docteur habitait et consultait à Lyon et avait dû rencontrer sa sœur. L'espoir était revenu et un immense soulagement l'avait envahi, tel une onde chaude et bienfaisante. Il achèverait sa quête avant de mourir et pourrait être le garant désigné par sa mère et achever son rôle de responsable du bien en le transmettant directement à Araksane.

Il souhaitait plus que tout ne pas s'être trompé et avoir vu juste cette fois-ci car, s'il était intimement et profondément convaincu que le docteur usait de pouvoirs que seul Umutongero Basha pouvait lui procurer, il n'en était toutefois pas absolument certain

Parfois, des doutes l'envahissaient mais y songer lui donnait des migraines épouvantables. Alors, comme à son habitude il préférait agir plutôt que de cogiter sans fin et sans espoir sur une problématique dont il n'appréhendait pas, de toute façon, toutes les données.

Le vieil homme, dans sa confortable demeure sertie de hauts murets, se lève de sa chaise. Le jour est sur le point de se lever, une clarté humide se répand de-ci de-là et déjà, les bruits de l'activité humaine et des odeurs de beignets frits et de maïs grillé remplissent le petit matin. Il passe le plus furtivement possible dans la chambre d'Araksane, qui dort toujours ; ses cils forment une masse sombre sur ses yeux et ses joues sont légèrement rosies par son sommeil profond. L'homme se sent fatigué mais reste à observer l'énergie intense qui émane de la jeune fille. Il ne peut se résoudre à la quitter pour aller se coucher et reste assis à ses côtés, sur le rebord du lit.

Il se souvient d'elle et de son enthousiasme jubilatoire et enfantin lorsqu'ils avaient pris l'avion et étaient arrivés à Paris un jour de pluie, gris et maussade. Il avait était déçu car il adorait Paris et aurait voulu que le temps soit clair et ensoleillé, afin qu'ils puissent se promener dans les rues pittoresques et si romantiques de cette merveilleuse ville. Au lieu de cela, une pluie lourde et incessante balayait le paysage, coulait le long des trottoirs, forçait à baisser la tête sous les parapluies et toute la splendeur de la ville devenait alors impossible à admirer. Le froid pénétrant, quelques rafales de vents, les larges feuilles des platanes collées sur la chaussée accentuaient d'autant plus les postures prostrées et finissaient par dissuader toute tentative d'aller malgré tout flâner sur les bords de Seine.

Araksane et son grand-père s'étaient décidés à anticiper leur départ pour Lyon, la ville où ils rencontreraient. Ils iraient reprendre leur pouvoir des mains du docteur Hofer et, par conséquent, leur destination finale. Ils louèrent une voiture avec chauffeur. Le trajet eut lieu sous un ciel intégralement recouvert d'une dense couche de nimbostratus d'un gris anthracite métallique qui faisait contraster les couleurs, tandis que l'atmosphère gorgée d'eau créait un effet de loupe sur les contours des paysages.

À l'instar de ce temps aux reflets surnaturels, Araksane s'était émerveillée de chaque lieu, de chaque monument insolite ou imposant, des prairies vertes et vallonnées, des forêts de chênes, de hêtres, d'acacias et des villages si bien entretenus, proprets et pimpants. Son grand-père avait acquiescé à chacune de ses demandes : ainsi, il avait fallu aller marcher dans l'herbe pour sentir sa douceur et l'odeur de la terre, aller visiter les villages et y boire des chocolats ou des vins chauds selon l'heure, se promener sur les sentiers forestiers afin d'écouter les glands et les brindilles des branches craquer sous les pieds, apercevoir si possible des cerfs ou des biches, palabrer avec quelques autochtones afin d'en savoir plus sur leur vie, la France et ses légendes ancestrales, avoir le plaisir de parler le français et d'entendre les sons ciselés de cette langue.

Il se souvient de tous ces détails et sourit seul dans la nuit ; une bouffée de tendresse monte en lui, son cœur déborde d'amour pour sa petite fille. Son allure fragile, bien que parfois altière, lui rappelle sa propre fille et ses yeux ressemblent à ceux de sa mère et de sa sœur. Il adore son sourire qui laisse apparaître le bord transparent et bleuté de ses dents sur l'ourlet de sa bouche délicatement charnue, tandis qu'une légère fossette se creuse sur sa joue droite. Lorsqu'elle est perplexe ou contrariée, elle pince ses lèvres avec une moue qui fait se plisser son menton et son nez. Il ne peut alors pas résister et, lors de leur voyage en France, il avait cédé à toutes ses demandes, aussi parce qu'il savait que ces moments d'insouciance seraient les derniers car, à l'instant même où elle entrerait en contact avec le docteur, une gravité sourde s'installerait en elle, comme un poids que l'on porte à bout de bras et que l'on ressent sans répit. Seules, la raison et la force de caractère peuvent procurer des soulagements temporaires ; ceux qui les portent sans avoir été prévenus vivent dans la confusion. Tel avait été le sort de sa sœur et sans nul doute était-ce celui du docteur Hofer.

Araksane avait alors un tempérament plutôt gai mais, au cœur de son adolescence, elle semblait hésiter entre garder ses habitudes enfantines ou bien se résigner à y renoncer. Elle avait mis beaucoup de temps avant de se lasser aller à gambader sur les petites routes de France, de droite et de gauche, dès qu'une éclaircie le permettait, et, lorsqu'ils étaient enfin arrivés à Lyon et qu'ils avaient déposé leurs bagages à l'hôtel Bellecour, alors seulement elle avait pris le temps de souffler avant leur rendez-vous prévu deux jours plus tard. Si bien que, de cette ville, ils n'avaient rien vu, si ce n'est des fenêtres de leur suite et des baies vitrées de la vaste salle du restaurant et par-delà les eaux vert céladon de la Saône, les rangées des frênes dégarnis et les toitures ocres lavées par la pluie. Deux jours pendant lesquels ils avaient dormi tout leur saoul, mangé à outrance, regardé la télévision à s'assommer et dévoré toutes les bandes dessinées et revues que l'hôtel possédait, affalés sur les larges canapés mauves des élégants et sombres salons.

Le matin de leur rendez-vous, tous deux avaient ressenti une grande nervosité, comme une sorte d'exaspération qui vibrait tout autour d'eux. Ils n'auraient pas su dire si c'était un sentiment qui émanait de leur propre appréhension ou bien si cela provenait de l'extérieur, par vagues successives et qui leur remuait les entrailles.

Umutongero Basha les appelait-il ?

Après avoir commandé un taxi à l'aimable hôtesse brune et poudrée de l'hôtel pour se rendre au cabinet du docteur, avenue Paul Santy, ils avaient patienté une bonne demi-heure dans le hall d'entrée avant que celui-ci n'arrive, non pas qu'il fût en retard, mais tous deux étaient prêts depuis longtemps et n'en pouvaient plus d'attendre dans les chambres. Le hall grouillait de monde à cette heure matinale : personnels absorbés par les diverses tâches de la maison et clients sur le départ pour de probables réunions d'affaires se croisaient en une danse qui permettait aux deux spectateurs de se divertir et d'oublier un peu leur anxiété. Enfin, ils étaient montés dans le taxi et, à l'issue d'une course relativement courte et dont ils n'avaient conservé aucun souvenir, on les avait déposés au bas d'un immeuble de style haussmannien très classique, sur lequel, à droite d'une lourde porte sculptée d'armoiries anciennes, une plaque de cuivre était vissée et où l'on pouvait lire *« docteur L. Hofer – Consultation sur rendez-vous »* suivi d'un simple numéro de téléphone et surmonté d'un bouton de sonnette on ne peut plus désuet.

Dès qu'ils avaient sonné, un déclic sec s'était fait entendre et la porte imposante et massive s'était ouverte sur un vaste corridor obscur où la fraîcheur des pierres et du marbre ainsi que la résonance du lieu donnaient une ambiance particulière, comme s'ils entraient dans une grotte. Le froid y était enveloppant mais pas étouffant : on entendait clairement le son limpide des grosses gouttes d'eau qui s'écoulaient sur les larges dalles du sol, une futile odeur de moisi et de salpêtre flottait jusqu'aux narines. D'un puits de jour recouvert de mousses à l'extrémité des toits filtrait une lumière aux reflets verts.

Il avait fallu grimper deux étages en empruntant de larges escaliers en pierres blanches d'où suintaient parfois aux jointures des lichens dentelés, avant d'arriver devant une porte de bois rouge sur laquelle la même plaque de cuivre qu'à l'extérieur de l'immeuble était également vissée. En dessous, une plus petite plaque de la même facture indiquait *«Entrez sans frapper »*, ce qu'ils avaient fait, sur la pointe des pieds.

La salle d'attente était vide et il y régnait une atmosphère étrange bien qu'avenante. Une odeur composée de cire et d'huiles essentielles se mêlait harmonieusement, des tentures de crêpe d'un vert tendre ornaient les murs en ondulant étrangement, une douce clarté aux reflets orangés chatoyait d'une volumineuse lampe à sel ; l'ensemble donnait une lumière qui incitait au calme mais malgré tout insolite, ainsi qu'une légère impression de vertige.

Ils avaient attendu un court instant. Le temps semblait s'être arrêté, bien qu'une horloge marquât d'un tic et d'un tac sonore et sévère les secondes qui s'écoulaient, tout comme le ciel au dehors contre les vitres troubles de l'immeuble. De temps à autre, de l'avenue Paul Santy, montaient quelques bruits de voitures ou de camions, une rumeur sourde si lointaine qu'elle ne paraissait plus de ce monde. Le grand-père et sa petite-fille, assis dans les fauteuils recouverts en piqués à rayures prune et dorées, avaient contemplé méthodiquement le bout de leurs chaussures ; en tous les cas, c'est ce qu'on aurait pu croire si on les avait observés à ce moment-là.

Quand la porte du cabinet s'était ouverte, ils avaient sursauté de concert.

Dans l'encadrement se tenait une femme blonde, d'allure céleste et plutôt jeune, au visage avenant, aux yeux clairs et lumineux. Elle portait une robe bleue, simple et des bottes de cuir noir à talons plats. Un foulard vaporeux gris tourterelle encadrait son visage où se mêlaient des mèches de cheveux blonds épars. Sans doute parce qu'ils n'avaient pas bougé, occupés qu'ils étaient à la dévisager, elle leur avait dit d'une voix légère et de façon prévenante :

– Je vous en prie, je vous attendais.

Ils étaient entrés dans une assez grande pièce, lumineuse où trônait une grande table encombrée d'une multitude d'objets entassés les uns sur les autres. Il y avait des statuettes de diverses sortes, aluminium, bois, fer forgé, bronze, terre cuite ou vernissée, des livres empilés, des boîtes de toutes formes d'où émergeaient des châles et vêtements et d'autres choses encore que l'on ne distinguait pas. Elle les avait fait asseoir dans des fauteuils

101

confortables, au fond de la pièce, devant un bureau en verre où seul un MacBook ouvert et posé en son centre diffusait une lumière bleue évanescente et tremblante, ainsi qu'un léger grésillement continu.

Comme si elle avait deviné leur étonnement, et cela devait bien entendu être le cas de tout client entrant pour la première fois dans son cabinet, elle leur avait précisé comme pour s'excuser :

– Je vous prie de ne pas prêter attention au désordre sur la table : beaucoup de mes clients m'apportent des objets et parfois ne les reprennent pas. J'espère que vous ne m'en tiendrez pas rigueur et surtout que ce bric à brac ne vous incommode pas.

– Non, non, cela ne pose aucun problème, lui avait prestement répondu le vieil homme, c'est juste un peu déconcertant, je l'avoue.

Elle s'était mise à rire d'une façon retenue et envoûtante. Puis, presque aussitôt, elle avait repris :

– Pourquoi êtes-vous là exactement ?

Elle avait appuyé tout particulièrement sur le mot « exactement ». Il avait alors songé alors que cette femme était d'une nature hors du commun et il en fut heureux. Sa sœur avait eu de la chance de la rencontrer à moins que, se dit-il, Umutongero Basha ne l'ait lui-même choisie et appelée à lui.

Il en avait eu la chair de poule rien que d'y penser. Il en avait d'ailleurs toujours les cheveux qui se hérissaient sur la tête chaque fois qu'il y réfléchissait mais il préférait au fond occulter ces suppositions qui ne pouvaient que compliquer les choses, ce qu'il ne pouvait se permettre à ce moment-là.

Il avait alors réprimé ses émotions et, le souffle court, il avait ordonné à sa petite fille qui jusqu'alors était restée les yeux tournés vers les fenêtres, comme si elle examinait avec attention chaque objet posé sur la table de l'entrée, de se tourner vers eux. Alors, un court instant, chacun s'était figé. L'espace s'était rétracté et était devenu lourdement compact, un silence épais et dense s'était déposé dans la pièce telle une grosse couverture, la lumière s'était estompé et elles s'étaient regardé fixement.

Ces yeux-là, Léa Hofer les connaissait déjà : d'un brun chatoyant, légèrement en amande, de longs cils fournis et des sourcils très arqués. Ils avaient hanté ses pensées, ses rêves et ses cauchemars, sa vie depuis sa plus tendre enfance, depuis sa rencontre avec la sœur du vieil homme...

Le pouvoir de ce bien qui, au fond, ne lui appartenait pas, retournerait à cette famille. Léa avait plongé ses yeux dans ceux d'Araksane – un regard hiératique, s'était dit le vieil homme – tandis que la jeune fille pétrifiée observait la puissance du bien, obscure, magique et robuste, cachée au fond des yeux de Léa. Alors, il vit – mais était-ce bien réel ? – deux faisceaux lumineux, tels des ondes limpides, cheminer lentement à la recherche de leur voie, des yeux de Léa vers ceux d'Araksane. Les flux de lumière avaient pénétré par vagues successives dans le regard de sa petite fille, dont le visage chatoyait imperceptiblement. Tous trois étaient restés cependant immobiles, emplis chacun de leurs propres émotions – l'effroi, l'allégresse, l'ahurissement – jusqu'à ce qu'ils entendent enfin le tonnerre gronder sourdement au loin. De lourds nuages cotonneux et chargés d'eau avaient assombri le ciel et de vifs éclairs avaient déchiré l'obscurité par intermittence, tandis qu'une pluie torrentielle s'abattait sur l'immeuble et frappait violemment aux carreaux.

À Addis-Abeba, les douces couleurs de la nuit font place à la lumière blanche et ruisselante du jour. Le Burkinabé dort devant de la porte verrouillée de l'entrée, les mauvais esprits se sont enfuis avec l'arrivé du soleil derrière l'horizon. Le vieil homme se redresse du rebord du lit de sa petite fille qui dort encore et d'un pas ample et guindé, tel une girafe dans la savane, regagne la cuisine où Colette, leur gouvernante, s'affaire déjà parmi les effluves acidulés du café éthiopien qui embaument toutes les pièces. L'homme hésite quelques secondes : va-t-il se coucher ou bien boire un café brûlant à l'ombre de la terrasse du jardin, tandis que la rosée procure encore un peu de fraîcheur ? *« Profite des jours qu'il te reste à vivre »* se dit-il. Il allonge son bras vers la crédence en macassar et saisit délicatement une tasse en terre vernissée noire sertie de minuscules coquillages blancs.

– Bonjour, Colette, dit-il dans un sourire qui malgré son âge charme la jeune femme.

Elle lui remplit alors sa tasse en lui rendant un regard de connivence entendue, tandis qu'il la prend dans ses bras et savoure la sensation des rondeurs de son corps contre lui. Ils restent ainsi quelques minutes, avant que n'arrive en trombe Araksane, ébouriffée et terriblement affamée.

– Bonjour ! leur dit-elle joyeusement et d'un ton suraigu. Il faut que je me dépêche, ce matin j'ai un rendez-vous au lycée avec un émissaire américain et il vient nous rencontrer et nous parler ! Je l'ai vu hier, au sommet de la colline d'Entoto. Il était en compagnie du président Grima en train d'observer la procession de l'Épiphanie. C'est un homme important !

Son grand-père, intrigué par son propos – il sait ce qu'important signifie pour elle – et par le son de sa voix, l'observe et voit que son teint s'est empourpré. Consciente d'être regardée et gênée, elle s'empare prestement des galettes de maïs posées sur le rebord de la crédence et repart tout aussi vite vers la salle de bain où, quelques secondes après, ils entendent l'eau jaillir bruyamment. Colette sourit et prend la main du vieil homme qui lui-même se met à sourire de bonheur. Il se dit qu'il a réussi. Il est le Garant et Umutongero Basha est de nouveau parmi eux.

Lorsque j'ouvre enfin les yeux, je me retrouve en nage et les draps rêches et trop courts sont trempés. Malgré tout, des frissons glacés parcourent mon corps, le long de mon dos jusque dans mon cou. Le seul nom d'Umutongero Basha me terrorise et évoque les milliers de cauchemars dont mes nuits ont été peuplés. Quel est ce « pouvoir », qui semble appartenir à cette famille d'origine Rwandaise ? A moins, comme semble le suggérer Havila, que ce « pouvoir » n'ait élu lui-même cette famille ? Mais un « pouvoir » aurait-t-il un libre arbitre ? Tout cela me paraitrait stupide et insensé si je n'avais moi-même pas subi son emprise depuis le jour où il m'avait obligé à descendre vers le lac au petit matin pour retrouver Charline. Sa domination au travers d'un don de voyance orchestré par l'obsession de la disparition de mon père.

Alors que je me tourne vers la fenêtre pour tenter de l'entrouvrir, j'aperçois un bouquet de prothéas orange posé sur la table de nuit, et soudain leur odeur d'immortelles me frappe. Une panique s'empare de moi, si effrayante que j'arrive à hurler. Je reste là, haletante, quand enfin, une infirmière finit par arriver et par comprendre que je veux qu'elle enlève ce bouquet, ce qu'elle fait, après m'avoir administré un calmant par voie intraveineuse, et juste avant que je ne sombre dans une inconscience morbide.

Mon réveil est glauque, comme si je sortais d'un match de boxe, je me sens endolorie de toute part, meurtrie, ma gorge et ma bouche sont desséchées, mes yeux me piquent, je suis allongée sur une planche de faquir. Le bouquet a disparu, le carré de ciel est gris foncé, les lumières dans le corridor suintent un vert tamisé. Là, sur le rebord de mon lit, une enveloppe est posée, et elle semble tellement lourde que j'ai l'impression que le lit va basculer.

Plusieurs heures passent avant que je ne me décide à l'ouvrir. Plusieurs heures, plusieurs jours ou années, le temps n'a désormais plus de sens pour moi.

Je déchire l'enveloppe qui me semble rêche sous mes doigts gourds. J'en sors une épaisse feuille de couleur grège où des mots, avec une encre sépia, sont minutieusement alignés, penchés et serrés. Une odeur indéfinissable émane du papier, une odeur de vieux magasin où épices et produits de ménage se seraient côtoyés. Mes yeux se posent sur les mots et je dois faire un effort pour comprendre leur sens et ne pas me laisser fasciner par les arabesques délicates qu'ils forment sur le papier.

« Ma mère possédait ce pouvoir, mon grand-père l'avait avant elle et ainsi de suite depuis la nuit des temps. Nous ne savons pas vraiment quand et par qui il nous a été remis, mais nous avons appris depuis toujours que nous sommes les garants de sa pérennité et de son utilisation ici-bas. Chacun de nous le porte tour à tour et le fait vivre selon ses propres connaissances, son propre caractère et sa vision du monde. Mon grand-père par exemple avait eu la chance de côtoyer un praticien occidental avec qui il a pu apprendre la médecine. Il est devenu un médecin-gourou réputé dans toute l'Afrique subsaharienne. Il a sauvé beaucoup de vies grâce à son don pour les diagnostics les plus difficiles et pour trouver les plantes et thérapies appropriées. Quelques dictateurs tristement célèbres lui ont offert des ponts d'or pour en faire leur médecin personnel. Ma mère, elle, travaillait pour le gouvernement rwandais et pour la paix dans son pays. Bon nombre d'hommes politiques africains, mais aussi les plus grands dans ce monde, l'ont reçue ; elle savait comment les approcher et leur parler. Vous l'auriez vue ! Une femme simple mais d'une force de caractère que seul Umutongero Basha peut hisser à une telle hauteur, je vous assure !

Quand ma mère, mes frères et ma sœur ont été assassinés, nous avons perdu Umutongero Basha. J'ai fini par comprendre que Charline en avait hérité, et là, j'ai eu très peur. Je connaissais Charline comme étant une enfant turbulente et belliqueuse. Qu'allait-elle faire de ce pouvoir dont elle ne savait rien et qui ne lui était pas destiné ? J'ai passé une bonne partie de ma vie à lui courir après, et je n'ai jamais réussi à rattraper cette intrépide séductrice. On aurait dit qu'elle utilisait ses forces pour disparaître après avoir fait les quatre cents coups. Finalement, aujourd'hui, je crois que ce qui nous a sauvés, c'est son manque d'intelligence, rien de grandiose, fusse-t-il bon ou mauvais,

106

ne pouvait en sortir. On m'a raconté qu'elle rendait les hommes fous, enfin un certain genre d'hommes. Votre beau-père fait partie des hommes qui ont été piégés, à n'en pas douter.

Vous avez un temps récupéré ce pouvoir, mais aujourd'hui Araksane vous remercie de nous l'avoir rendu. Elle le portera jusqu'à ce qu'elle ait une descendance à qui le rétrocéder. Avant cela, elle le fera vivre et je ne me fais pas de soucis, vous savez, elle possède une intelligence qui vous ferait blêmir, même si cela ne fait pas tout, je vous le concède. Mais je dois l'admettre et vous rendre grâce car Umutongero Basha n'a pas été dénaturé et vous vous en êtes tirée de façon extrêmement honorable : ma mère aurait été fière de vous, je peux vous l'assurer.

Alors, s'il vous plait, n'ayez pas de regrets et pensez à Araksane qui vous aime de son amour le plus pur, celui d'une jeune fille dont le cœur est empli de lumière.

Havila Sifa »

Araksane sur la colline

En cette après-midi qui précède la nuit de l'Épiphanie à Addis-Abeba, Havila Sifas s'affaire à préparer la soirée qu'il passera chez lui en compagnie de quelques amis. Il se sent heureux, comme jamais il ne l'a été depuis son enfance, avant la mort de sa mère. Enfin, tout était rentré dans l'ordre et Havila, absorbé par ses pensées, prit le temps de s'asseoir au bord du jardin d'herbes sèches qui ondoyait et bruissait délicatement et d'où se dégageait une senteur d'immortelles. Il avait déjà mis la table, placé des bougies le long du muret, donné ses instructions au Burkinabé qui surveillait l'entrée de la propriété, préparé le brasero qui tiendrait les aliments au chaud. Il leva les yeux vers le ciel et vit apparaître une lune pleine et pâle perchée dans l'immensité du cosmos. Il savait qu'à son âge il n'avait plus beaucoup de temps devant lui, alors il lui fallait se résigner et comme tout un chacun il ne saurait rien des mystères du monde et de l'univers.

En cette après-midi qui précède la nuit de l'Épiphanie à Addis-Abeba et du haut de la colline d'Entoto, Araksane regarde la procession : une affluence impressionnante et bariolée, les hommes couverts de milliers de parapluies polychromes, tous agrémentés de dorures et de pompons sautillants au rythme de la foule qui avance, nonchalante dans la poussière, stimulée par les chants chrétiens et les exhortations ethniques.

Le temps est ensoleillé et les températures clémentes, une légère brise remonte des odeurs de cuisine et d'épices des baraquements de tôles où les femmes préparent des mets qui seraient servis sur les délicieux endjäras : huile de palme, bœuf et agneau boucané, maïs, pois cassés et lentilles, oignons fris, piment, gingembre, cardamone, clou de girofle, cannelle…

Assise en bordure de la forêt sur une roche plate, elle se régale du spectacle. Sur les devants du cortège, les faux rois mages vêtus de longues robes blanches et de chapeaux rouges et dorés, martèlent leurs pas à l'aide de calebasses en peau de chèvre. Parfois, des grappes de faux pèlerins sortent des rangs et semblent se chamailler ou discuter le bout de gras. Au bout d'un certain temps, ils finissent tour à tour par réintégrer la marée humaine et se fondent de nouveau dans l'attroupement.

Elle n'est pas seule à regarder la scène, et si elle semble tout absorbée par celle-ci, son œil observe pourtant le plus discrètement possible un homme perché sur une des voitures présidentielles officielles, non loin du rocher où elle se trouve.

Araksane sait déjà que cet homme noir américain venu en délégation des États-Unis pour rencontrer le président éthiopien Girma viendrait le lendemain visiter le Lycée Guébré-Mariam et qu'il rencontrerait à cette occasion une trentaine d'élèves les plus prometteurs et triés sur le volet dont elle faisait partie, et avec qui était prévu une discussion « à bâtons rompus » d'une demi-heure.

Dans l'ombre d'un arbre flamboyant, elle le considère et le jauge : il est grand et élégant, vêtu avec soin, mais on devine dans sa posture une touche rebelle – ou déviante. Sa peau est lisse et très noire, il a l'air jeune malgré sa quarantaine. Son regard plonge sans concession vers la foule massée au bas d'Entoto. Araksane peut ressentir, jusqu'à l'endroit où elle se tient, son émotion et y perçoit une sorte d'aversion. *« C'est un intellectuel, il est attiré par l'intelligence et déteste les passions ; il faudra le séduire de cette façon-là... »* songe-t-elle en échafaudant déjà son plan d'attaque.

Car Araksane veut perpétrer la lutte commencée par son arrière-grand-mère et utiliser comme elle Umutongero Basha. Elle veut changer le visage de l'Afrique, et faire « virer » – c'est le mot qu'elle emploie – tous ces bandits qui gangrènent la vie des populations et l'économie des pays, et qui ayant pris le pouvoir font du commerce illicite, des guerres sans fin, du racket, du trafic d'esclaves – tout ce qui peut leur ramener argent et accroître leur pouvoir – et auxquels participent les mafias et les pègres des pays asiatiques et occidentaux. Elle n'a pas connu les massacres au Rwanda mais elle en a suffisamment entendu parler, comme elle a entendu raconter les horreurs perpétrées au Tchad, au Congo, en Syrie au Gabon, bref, elle connaît les conditions de vie pitoyables de ses semblables, malmenés par ces barbares capables de dépecer un nourrisson si cela peut servir leur cause, c'est-à-dire remplir leur bourse ou accroître leur puissance.

La procession n'en finit pas d'avancer et pourtant, on n'en voit toujours pas le bout, là où se tiennent femmes, filles et petits enfants, tout en fin de cortège, loin des rois-mages, loin de Dieu, pour porter sur leurs têtes les plats qui seront servis aux hommes.

La voiture officielle présidentielle démarre et les hommes accompagnés de Girma s'asseyèrent sur les fauteuils de cuir blancs. Ismaël Bayni, le noir américain venu des Etats Unis, et qui, il y a bien longtemps, a malgré lui condamné Charline en libérant Fletcher du trou où elle l'avait jeté, converse avec le président pour tenter de comprendre le cours des événements de cette fête religieuse. Il est vrai que tout s'y mélange, les croyances, les cultures, les habitudes et les coutumes. Il semble vouloir retrouver ses racines et « sauver l'Afrique », non pas comme un « Américain de base », mais dans le respect des hommes et des femmes, même si ces dernières sont absentes de toute vie politique, en tous les cas officiellement, dans le respect des cultures. Il sait qu'il avait beaucoup à apprendre et à déchiffrer et que, sur ces terres aussi luxuriantes qu'arides, le rationnel ne dicte pas tous les actes.

Araksane, assise sur son rocher, regarde Ismaël s'éloigner dans la berline noire décapotée et poussiéreuse. Elle se sait très jeune et devra être patiente bien sûr, mais elle a compris qu'elle fera de cet homme son émissaire et messager pour la paix. Elle a aussi deviné qu'il sera sien pendant de nombreuses années, peut-être même pour la vie. Elle se sent sûre d'elle, invincible, dominante, prête à assumer son rôle en toute conscience.

Elle se lève pour quitter Entoto et rentrer chez elle et aperçoit enfin les femmes chargées de leurs enfants et de larges plats en terre cuite garnis d'une quantité impressionnante de nourriture. La procession s'arrête et un brouhaha humain s'envole vers le ciel bleu où une lune semble perdue dans l'immensité de la galaxie.

Léa, dans sa chambre d'hôpital prend conscience des dernières images qui lui viennent à l'esprit.

Araksane est venue lui rendre visite à clinique du Val de l'Ouest, les bras chargés d'énormes prothéas orangés et d'une lettre que son grand-père lui avait demandé de lui porter. A l'accueil, elle s'est présentée comme étant sa sœur, mais qui aurait-pu la croire ? Elle est aussi noire et brune que Léa est blanche et blonde. Elle est restée une bonne partie de l'après-midi et est sortie sans dire un mot et sans que personne n'ait remarqué son départ.

Léa sait qu'il ne lui reste que quelques heures, et qu'après que son décès ait été constaté, l'infirmière aux cheveux blonds filasses relevés par une pince verte, sortira de la chambre en hurlant que la morte avait rouvert les yeux et qu'ils étaient en flammes. Pourtant, quand on l'interrogera, elle refusera d'en parler à quiconque et de faire tout commentaire par la suite. Cet événement étrange sera mis sur le compte du surmenage de l'infirmière qui ne le contredira pas, bien qu'il ait été tout de même consigné dans le registre de la défunte par l'infirmière en question, mais de façon anodine pour toute personne n'étant pas au fait « *Constat post-mortem : reflexe post-mortem constaté au niveau des globes oculaires, réaction sclérotique non-répertoriée. Conclusion : réitération du constat de décès.* »

16412742R00067

Printed in Poland
by Amazon Fulfillment
Poland Sp. z o.o., Wrocław